로크미디어가
유혹하는
재미있는 세상
ROK
MEDIA
로크미디어

두 개의 심장을 가진 자

두 개의 심장을 가진 자 7

2018년 9월 13일 초판 1쇄 인쇄
2018년 9월 18일 초판 1쇄 발행

지은이 덕민
발행인 이종주

기획 팀 이기헌 왕소현 박경무 이승제
책임 편집 김홍식

발행처 (주)로크미디어
출판등록 2003년 3월 24일
주소 서울시 마포구 성암로 330 DMC첨단산업센터 3층 318호, 319호
Tel (02)3273-5135 **Fax** (02)3273-5134
홈페이지 rokmedia.com **E-mail** rokmedia@empas.com

값 8,000원

ISBN 979-11-294-8757-5 (7권)
ISBN 979-11-294-0612-5 04810 (세트)

두 개의 심장을 가진 자

덕민 현대 판타지 장편소설

7

CONTENTS

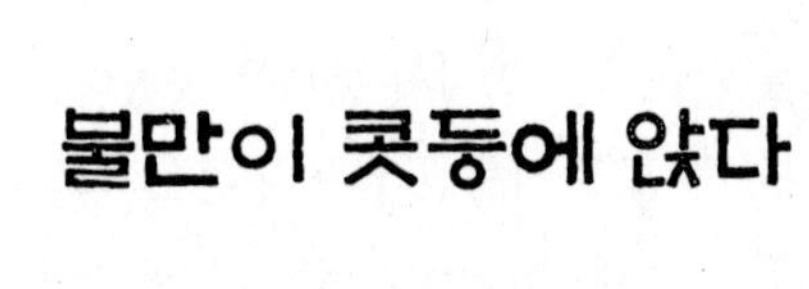

불만이 콧등에 앉다

부산 그랜드 호텔 스위트룸.

조셉 판이 그의 여동생 릴리트와 한국에 들어온 시간이 벌써 한 달이 훌쩍 지났다.

그가 수백 년을 신봉한 악마교에서 명령이 내려왔다.

마귀의 사생아 같은 존재를 추적하라는 악마교 회색 결사의 수장 몰토르의 지시였다.

이 한국행은 그만이 아니었다. 여동생이자 배덕의 마녀 릴리트가 따라붙었다. 몰토르의 수작이었다.

그렇다고 몰토르의 손에서 놀아날 그도 아니었다. 어디로 튈지 모르는 자유분방함은 그 자신도 어쩔 수가 없었다.

원래 드루이드였던 그는 로포칼레에게 육신을 공양하고

혼돈과 공포를 분비하는 괴이한 능력을 받았다.

그 후로 사람을 홀려 지독한 공포와 혼돈으로 몰아넣고 대상자가 분비한 카르(음차원 마나)를 음미했다. 당연히 그가 지나간 자리는 정신이상자가 많아지고 자살률이 급격하게 올라갔다.

평소에도 이 카르에 미치면 모든 것이 백지가 되어 버렸다. 몰토르는 그런 그를 신뢰하지 않았다.

그래서 그는 불만이었다.

믿음 따위는 개나 줘 버릴 일이다. 그는 그냥 지금 침대에서, 공포와 혼돈 속에서 카르를 분비하고 있는 한국 여자 같은 것들의 왕이고 싶을 뿐이다.

그것을 몰토르는 잘 알았다.

그만큼이나 말초적이고 단세포인 릴리트가 그를 감시하는 이유는 별게 없었다. 조셉 판과 근친상간을 하는 릴리트가 질투의 화신이기 때문이다.

여동생이 옆에 있는 한 그는 부속물에 지나지 않았다.

그래도 일단 이렇게 해변 호텔에서 종속물을 끼고 야경을 감상할 여유가 있는 여행이라 나름 만족스러웠다.

다만 뱀파이어 퀸 비토리의 부재가 아쉬웠다. 수 세기 동안 비틀린 존재 중 좋은 인연은 여동생 릴리트를 빼고는 그녀가 유일했다. 한국에 들어와 한 첫 번째 일이 그녀를 찾는 것이었다.

그런데 그녀는 없고 그녀의 프로핏들만 만났다. 그들 중 국회의원 감운천이란 자가 괜찮아 침을 흘렸다. 하지만 비토리와 척질 정도로 맛있어 보이는 케이크는 아니었다.

그 후 일주일을 밤새운 올빼미 신세로 지내는데 뜻밖에 감운천이 연락을 해 왔다.

감운천이 그에게 한국 재계 1위인 천지 그룹의 직계와 만남을 주선했다.

그렇게 만난 윤치호의 부탁을 받은 결과물이 노아미였다.

그의 시선이 침대에 누워 있는 노아미에게 갔다. 사탕을 든 아이처럼 정신을 천천히 무너트리고 있는 중이다.

아직은 온전한 종속물이 아닌 장난감.

초대받지 못한 자가 손님이 아니듯 아직 그의 손에 USB가 떨어지지 않아 종으로 만들지 못했지만, 내일 서울에 올라가면 윤치호의 손에 USB가 쥐여 있을 것이다.

시작이 중요했다.

노아미 주변으로 하나씩 하나씩 탐욕을 채워 갈 일이다.

그는 침대로 가 끙끙 앓고 있는 노아미의 턱을 쓰다듬었다.

"베이비, 나가자. 너를 한시라도 빨리 내 것으로 만들어야 하는데 그러질 못하네. 이럴 때는 칙칙하고 탐욕스러운 카르가 필요해. 클럽에서 밤새 네 인생을 불 질러 보자고."

그 말에 노아미와 릴리트가 일어났다.

릴리트의 눈에서 불꽃이 튀어나왔지만 조셉 판은 무시했다. 아직은 선을 넘지 않았고 여흥이 시작되지 않았기 때문이다.

같은 시간.

우–웅.

휴대폰 진동으로 탁자 위가 소란스럽다.

민성흔이 그의 휴대폰을 집어 들었다. 휴대폰 액정에는 스팸 어플에 등재된 '부산 지방경찰청'이란 사업체명이 떴다.

알림을 등록하고 20분이 지나지 않은 시간이다.

"민성흔입니다."

–부산청 112 센터입니다. 알림이 떴습니다.

"수배한 차가 떴다고요?"

민성흔이 재차 확인을 했다.

–네, 부산 IC를 나서서 경부고속도로를 탔습니다.

"부산 IC요. 고맙습니다."

–일단 고속도로 순찰대 1, 2지구대에서 수배 차량 차단에 들어갔습니다.

"아–. 네."

–신병이 확보되면 전화드리겠습니다. 사건 해결되길 빕니다.

"부탁드립니다."

112 신고 센터와 전화를 끊자 민성흔이 자리에서 일어났다.

"들었죠."

그는 이영철에게 말했다.

"저희 차가 없습니다."

"저희가 안 내려오면 어쩌려고?"

"렌트하려고 했죠, 지갑도 여기 있고."

이영철이 웃으며 소한솔의 어깨를 두드리며 일어났다.

비상등을 켠 차가 빠르게 부산 외곽 순환도로를 질주했다.

"응, 나야. 렌터카 회사 연락됐어?"

민성흔의 목소리에 힘이 들어가 차 안이 쩌렁쩌렁했다.

—…….

"렌터카 회사에서 GPS 확인 중이라고?"

—…….

"서울까지 올라가는 도중에 휴게소가 몇 군덴데 그걸 다 뒤져. 일단 앞만 보고 달릴 테니까 GPS 위치 빨리 보내 봐."

—…….

"연락이 왔다고? 어디? 칠곡…… 알았어. 이동하면 바로 연락 주고."

민성흔의 전화 통화를 듣던 소한솔은 일말 안도했다.

'이런 부분에서는 제대로 하네.'

애탔던 속이 풀어졌다.

그렇게 20분을 달렸을까, 칠곡 휴게소가 눈앞이었다.

끼이익.

휴게소에 들어서자 차는 브레이크 소음과 함께 거칠게 섰다.

어두운 밤을 밝히는 휴게소 등불이 반갑게 느껴지는 네 사람이 차에서 내렸다.

우-웅. 띠리링.

우체국 이연무

배한승의 휴대폰 액정에 뜬 이름이다.

배한승은 불과 1시간 전에 전산을 열기 어렵다고 통화한 우체국 이연무 상무의 전화가 그다지 달갑지 않았다.

이연무는 접대비는 물론이고 사례비를 만만치 않게 요구했다.

'어차피 회삿돈인데.'

쓴웃음을 지으며 전화를 받았다.

"이 상무님."

-배 과장, 그 택배 말이야. 내가 어렵게 알아봤네.

이연무의 목소리는 한껏 높았다.

"몇 개나 있습니까?"

–자리는 내일 잡는 것 맞지?

"당연하죠. 언제 제가 약속을 어기던가요."

–안 의원 사무실로 가는 택배가 두 개가 있네. 하지만 내가 그것은 손 못 대네.

"알겠습니다. 그것은 제가 알아서 하죠. 약속 장소는 문자로 보내겠습니다."

배한승은 전화를 끊고 곧장 윤치호에게 그 내용을 문자로 보냈다. 뒷일은 그의 손에서 해결될 일이었다.

그는 대충 일단락이 되자 주머니에서 담배를 꺼내 물고는 차에서 내려 라이터를 켰다.

틱.

"휴–우."

깊게 담배 연기를 머금은 배한승 옆으로 사내 네 명이 둘러쌌다.

"잠시 실례하겠습니다."

배한승 앞에 선 사내가 말했다.

"뭐요?"

배한승은 좌우를 둘러보며 짜증을 냈다.

"서울 강남서 실종 팀 문관표 경위입니다."

문관표가 신분증을 꺼내 배한승에게 보였다.

그러자 민성흔 형사가 손전등으로 배한승과 신분증을 번

갈아 비췄다.

"경찰이 저를 찾을 이유가 없는데요?"

배한승은 안 의원 택배 건으로 순간 움찔했지만 담담하게 물었다.

"이 차 소유주가 납치된 상태입니다. 신분증 좀 봅시다."

"네에?"

배한승이 두 눈을 크게 뜨게 떴다.

"납치라니요, 저 이 차 소유주에게 렌터카 회사로 입고하라는 소리를 직접 들었는데?"

그 말에 이영철을 비롯한 네 사람은 서로의 얼굴을 번갈아 봤다. 휴게소 불빛에 비친 그들의 눈에 황당함이 스쳤다.

'여태 예상한 납치가 아니라 가출?'

특히나 민성흔의 눈은 이영철을 향해 그렇게 말하고 있었다.

'처음 본 이 사람 말을 전적으로 신뢰하는 겁니까?'

이영철도 눈빛으로 말했다.

"일단 신분증부터 확인합시다. 그리고 억울한 부분이 있으면 본인이 적극적으로 해명하면 될 일 아닙니까? 민 팀장님은 차량 검사 좀 부탁드리겠습니다."

문관표가 상황을 정리했다. 그리고 배한승으로부터 신분증을 받아 인적 사항을 수첩에 적었다.

"일단 휴게소로 들어가서 차주 이야기를 들어 봅시다."

그는 배한승에게 신분증을 건네주며 말했다.
"그러시죠."
차량을 살피는 민성흔을 두고 네 사람은 휴게소 안으로 들어갔다.
"다시 신분증을 확인할 수 있습니까?"
휴게소 의자에 배한승이 앉으며 문관표에게 말했다. 그러자 문관표가 신분증을 내밀었다.
"문 형사님, 납치라니요? 정말 어이없는 상황이라 말이 안 나옵니다."
배한승이 문관표의 신분증을 한참 들여다보고는 돌려주며 말했다.
"먼저 몇 가지 묻고 대답을 해 주면 그때 납치 사건을 설명하죠."
"네, 얼마든지요."
"운전하고 온 차는 누구에게 받았습니까?"
"이름은 모르겠고 고객과 같이 있던 여자가 렌터카 회사에 반납해 달라고 부탁을 해서 심부름을 해 줬을 따름입니다."
"차 주인이 고객과 같이 있었다고요?"
"네."
"그 고객이 누구입니까?"
"……."
배한승은 입이 떨어지지 않았다.

천지 그룹의 비서실장 윤치호가 조셉 판의 일을 돌보라고 신신당부를 했다. 그런데 고객의 정보를 넘기라고 하니 답답할 노릇이다.

"지금 배한승 씨는 납치 사건과 관련되어 있습니다. 말 못할 이유가 없다고 봅니다. 계속 입을 다물고 있으면 의심을 받을 수 있습니다."

"제가 입을 열지 않을 경우 어떻게 되는 것입니까?"

"납치로 긴급체포 됩니다."

"전화 한 통화 할 수 있을까요?"

"혐의를 다 벗을 때까지는 전화를 사용할 수 없습니다."

"너무하는군. 대한민국 경찰이 무고한 시민을 이렇게 억압해도 되는 거야?"

배한승은 화가 치밀어 막나갔다.

탁.

문관표가 탁자에 휴대폰을 내려놓았다.

"배한승 씨, 여기 휴게소 안이고 CCTV 녹화 중입니다. 그리고 지금부터 녹음하며 다시 묻겠습니다. 배한승 씨는 납치 피해자가 운행한 차량을 운전하다가 경찰관에게 검문을 받고 있습니다. 충분히 범죄의 직후이거나 의심할 만한 상당한 사유가 있다고 판단됩니다. 인정합니까?"

"난 단지 고객과 같이 있던 여자의 심부름을 왔다고 하지 않습니까."

“배한승 씨, 당신의 고객이 저지른 범죄에 연루되어 있을 수 있다는 사실을 고지합니다. 그리고 지금 배한승 씨에게 변명할 기회를 주고 있음을 상기하세요.”

“후-우, 정말 납치 맞습니까? 제가 보기에는 서로 즐기는 사이던데…….”

배한승은 몇 시간 전을 떠올리고는 재수 없다는 표정으로 말했다.

“범죄에 대한 판단은 경찰관이 합니다.”

“조셉 판과 릴리트라는 외국인 남녀가 고객입니다.”

배한승은 둘의 이름을 댔다.

“배한승 씨, 직장이 어디입니까?”

“천지 그룹 비서실입니다.”

한번 내린 꼬리라 배한승은 고분고분 답했다.

“고객의 연락처는 있습니까?”

“여기 있습니다.”

문관표는 배한승이 건넨 휴대폰에서 조셉 판의 전화번호를 땄다. 그 후부터는 일사천리였다.

렌터카를 확인하고 들어온 민성흔은 조셉 판의 전화번호에 대한 통신 수사에 들어갔고, 마지막으로 만났던 그랜드 호텔로 부산 해운대 경찰서에 형사들을 급파할 공조 요청도 했다.

그로부터 30분 후.

문관표는 허망한 표정을 짓고 있는 이영철과 소한솔을 거쳐 배한승을 바라봤다.

대한민국 통신사에 등록되지 않은 위성 전화라 휴대폰 추적이 불가능하다는 말과, 조셉과 릴리트 이름으로 숙박하고 있던 그랜드 호텔 룸은 1시간 전에 체크아웃 되었다는 소식만 강남서와 해운대서에서 각각 통보를 받았다.

소한솔은 이때까지 입을 열지 않았다.

경찰 일에 개입할 수 없기도 했지만 배한승의 입에서 천지그룹의 직원이라고 밝힐 때부터 윤치호의 지시로 노아미가 납치된 것이 명백해졌기 때문이다.

다만 배한승이 납치와 관련되었는지의 여부는 모호했다.

이영철 역시 배한승을 추궁하지 않았는데, 범죄와 연관성이 없어 보였기 때문이다.

하지만 결론이 이렇게 나자 소한솔은 이영철을 봤다. 이쯤에 나서서 배한승을 구속해 주기를 바랐다.

이영철도 배한승을 긴급체포 할 필요성을 느꼈다.

정황상 배한승이 납치와 관련이 없지만 윤치호에게 보고할 가능성이 100%로 봤다.

이영철이 문관표에게 눈짓을 했다.

"배한승 씨, 노아미 납치 피의 사건 피혐의자로 긴급체포하겠소. 변호사를 선임할 수 있고 변명할 기회와 진술을 거부할 수 있습니다."

문관표가 굳은 얼굴로 배한승에게 말했다.

"아니, 경찰이 용의자를 확인하지 못하고 체포요? 변호사를 선임하겠습니다."

배한승은 긴급체포를 고지받자 문관표에게 말했다.

그도 그 나름대로 바빴다. 조셉 판이 연락을 받지도 않을뿐더러 경찰이 연행할 의도를 보이자 어떻게든 윤치호에게 연락을 해야 했다.

"변호사 연락처를 주시오. 변호사 선임계를 작성하면 그때 면담도 하고 연락도 하도록 합시다."

문관표는 납치 사건 이면에 천지 그룹이 얽혀 있음을 직감했다.

'애매하면 정석대로…….'

까발리자면 이 건은 서장에게 연락을 받았다. 하지만 굴러가는 판 속이 깜깜이다. 이런 사건은 초임 때 선배 말대로 간다, 정석대로.

"한강로펌입니다."

"통화는 강남서로 가면서 합시다."

문관표는 배한승에게 수갑을 내밀었다.

상욱은 이영철의 전화를 받고 부산으로 내려가야 하나 갈등이 일어났다.

그러다 고개를 흔들었다.

안찬수의 손에 USB가 들어가 불확실성이 사라진다면, 노아미의 의도처럼 그녀는 제자리로 돌아갈 가능성이 많았다.

안찬수가 손에 쥔 USB와 노아미가 쥔 USB는 그 성질이 달랐다. 그래서 그가 서울에 머물러야 했다. 그럴 만한 이유가 그의 호주머니 안에 들어 있었다.

그는 손에 든 휴대폰에 화면을 눌렀다.

"이 선생님, 외국인 남녀 이름이 조셉 판, 릴리트랍니다."

–알았네. 바로 연락함세.

이철로는 전화를 받기 무섭게 끊었다. 추진력만큼은 불도저가 저리 갈 인간이었다.

강남서 실종 팀 사무실.

"후–우."

배한승은 의자와 왼손에 연결된 수갑을 보며 한숨을 쉬었다. 한강로펌은 늦은 저녁이라 연락이 되지 않았다. 어찌어찌 수소문을 해 연결이 됐는데 지금 시간이 새벽 2시를 향해 가고 있었다.

그나마 소득이 있었다. 비서실장 윤치호가 그토록 찾던 USB의 소지자가 눈앞에 있었다.

그리고 형사들은 피곤해 의자를 눕히고 코를 골았다.

"뭐 하나 물어봅시다."

그는 소한솔을 불렀다.

“저 말입니까?”

“댁이 소한솔 씨요?”

배한승은 서울로 압송되면서 이영철과 소한솔의 대화를 통해서 소한솔의 정체를 알았다.

마침 주위에 그와 소한솔만 남겨져 물었다.

“그런데요?”

“USB는 도대체 어디 있는 거야?”

“……그걸 내가 말해 줄 것 같아요?”

배한승의 갑작스러운 물음에 소한솔이 당황해 한참 입을 다물었다가 열었다.

“어차피 나는 이미 구속당한 상태고, 이 상태에서 내가 뭘 하겠어.”

“흥, 그렇다고 내가 말해 줄 것 같습니까?”

“어차피 USB는 안찬수 의원에게 전해질 것 아닌가?”

“그렇기는 하지. 그리고 어차피 알려 줘도 당신은 찾을 수 없는 곳에 있어.”

소한솔이 득의만만한 표정을 지었다.

“자신만만하군. 힌트를 좀 줘 봐.”

“우체국.”

“우체국?”

반문하는 배한승이다. 그는 애써 표정을 유지했다.

‘얼마 후면 변호사가 온다.’

그는 일단 복잡한 심사를 내려놨다. 고객 조셉 판에 대한 정보를 누출했지만 USB의 행방을 찾았다. 변명거리가 일단 생겼다.

하지만 그는 돌아서는 소한솔의 얼굴에 번지는 야릇한 미소를 보지 못했다.

어둠을 등지고 여명이 새벽을 밝혔다.

경부고속도로를 빠르게 달리는 람보르기니 우라칸 밖으로 1970년 초 유행하던 팝송이 흘러나왔다.

사이먼 & 가펑클의 〈Bridge of troubled water〉의 감미로운 음악은 실내 분위기를 대변했다.

밤새 클럽에서 카르를 만끽한 조셉 판은 왼손으로 운전대를 잡고 조수석에 앉은 노아미의 뺨을 만지며 노래를 따라 불렀다.

"And pain is all around like bridge～♪ over−♬."

그의 손길은 가사처럼 주위의 온갖 고통이 가득 찰 때 다리가 되어 줄 듯 감미롭고 부드러웠지만, 노아미의 정신은 반대로 고통과 혼란에 빠져 있었다.

그녀는 윤치호의 이목에서 벗어나 부산에 내려와 있었다. 답답한 마음에 광안리에 갔는데 뜻밖의 외국인 남녀가 그녀의 이름을 불렀다.

그때 도망을 쳤어야 했는데 의문에 사로잡혀 두 사람을 보

다 정신이 아득해졌다.

그리고 간간이 깨어날 때마다 미몽 같은 현실에서 했던 일들이 기억으로 돌아왔다.

미몽에서 그녀는 조셉 판의 말을 거역할 수 없었다. 복종만이 숙명 같았다.

겁탈당하지 않았을 뿐 그녀는 판의 손에 흐느끼고 흥분하며 젖어들었다. 그리고 혼란이 찾아왔다.

조셉 판에게서 벗어나야 하는데 마음 깊은 곳에서 모든 것을 바치고 싶은 이질적인 욕망이 아우성쳤다. 시간이 지날수록 영혼까지 바치고 싶어졌다.

마지막 의식의 끈이 그것만은 붙잡고 있었다.

그녀는 그녀 자신이 무서워지기 시작했다.

이때가 어제저녁부터였다. 더불어 그녀는 모든 사실을 알게 됐다.

조셉 판과 릴리트는 인간이 아니었다. 악마와 다르지 않았다.

조셉 판은 그녀의 의식을 허물어트려 USB의 행방을 알아냈고, 릴리트는 그녀 상의의 깃에 붙은 액세서리로 그녀를 찾아냈다며 자랑했다.

윤치호가 그녀에게 선물한 물건 중 유일하게 지니고 있는 물건이 이 브로치였다.

말이 되지 않는 괴악스러운 일을 당하고도 조셉 판에게 의

지하려는 그녀는 스스로를 두려워했다.

'한솔아, 나를 구해 줘.'

그녀의 애원은 점점 희미해지는 의식 안으로 침잠해 갔다.

노래가 끝나자 조셉 판은 잇소리를 냈다.

"쳇."

초대받지 못한 자는 손님이 아니다.

그에게 걸린 저주였다. 즉 등가 법칙에 따라 거래되지 않은 영혼은 취하지 못했다.

그 원칙이 아니었으면 노아미는 벌써 종으로 만들었을 것이고 이리 혼돈에서 튕겨 나오지도 못했을 일이다.

짜증이 왈칵 일어났다.

어제 늦게 윤치호에게 연락이 왔다. USB의 소재를 확인하지 못했단다.

그에게 하루만 참고 기다렸다가 서울로 올라오란다.

그러나 조셉 판은 누구의 말을 따를 존재가 아니었다. 먹이를 놔두고 참기에는 인내심이 한계에 이르렀다.

부산 바닷바람을 뒤로하고 서울로 올라가는 길이다.

부산에서 출발한 지 1시간 만에 대전을 지났다. 이제 1시간 후면 윤치호를 만날 것이다.

람보르기니는 미친 듯 달리고 있었다.

그의 입에 침이 고였다.

양재 IC 갓길에 차를 주차한 상욱은 시계를 봤다.

06:00

새벽잠은 없어 진즉 일어날 시간이다. 그렇다고 일할 시간도 아니었다.

그럼에도 그가 서울 톨게이트에 나온 이유는 이철로의 전화 때문이다.

출입국 관리 사무소에서 조셉 판의 신원을 알아냈다. 겉멋이 잔뜩 든 놈이란다. 입국하며 차를 가져왔는데 무광 검은색 람보르기니 우라칸이랬다.

임시 번호판을 받은 차량 번호까지 캐내서 그의 손에 쥐어졌다. 그 차가 2시간 전에 부산에서 출발했다고 한다.

상욱은 뜻밖에 길 가다 1만 원권 지폐를 주운 기분이었다. 노아미가 계속 목에 걸렸는데 해결될 소지가 보였다.

그때 톨게이트를 통과한 람보르기니 우라칸이 쏜살같이 눈앞에서 사라졌다.

상욱은 급하게 따라붙었다.

일단 조셉 판의 차를 추월했다.

그러자 그 꼴을 못 보고 다시 조셉 판이 그의 차를 추월해 버렸다. 토크와 출력에 차이가 너무나 컸다.

상욱은 소나타 마후라가 찢어지도록 가속페달을 밟았다.

그리고 궁내동을 벗어나기 직전 람보르기니 우라칸 옆으로 차를 붙이며 조수석 창문을 내렸다.

쒸이잉.

170킬로미터로 달리는 차라 찬 바람이 차 안으로 들이쳤다.

상욱은 조수석 창 너머를 보며 입꼬리를 올렸다. 좋은 차로 그 정도 속도냐는 비웃음이었다.

조셉 판은 짜증이 났다.

방금 전 저급한 차가 앞질러 가자 같잖아 액셀러레이터를 밟았다. 순간 스피드가 올라갔다.

똥차를 뒤로하고 유유히 드라이브를 즐기는데 옆으로 그 똥차가 달라붙었다. 이번에는 창문까지 내리고는 곰같이 생긴 놈이 썩은 웃음까지 날렸다.

그러고는 추월해 그의 눈앞에서 멀어졌다.

"Bitch."

조셉 판의 입에서 욕이 튀어나왔다. 묘하게 자존심이 비틀렸다. 그는 다시 오른발에 힘을 주었다.

의자가 뒤로 쏠리며 다시 차에 가속이 붙었다.

상욱은 차의 백미러로 뒤를 봤다.

우라칸이 레이저 빔같이 쏘아졌다. 그의 차 소나타와 이질적인 존재가 탄 람보르기니 우라칸은 성능의 차이가 엄청났다.

160마력과 20.5kgf.m(토크)에 소나타가 580마력과 55kgf.m를 가진 람보르기니 우라칸에 잽이 되겠는가?

하지만 그에게는 상대보다 두 가지에서 유리했다.

눈을 감고도 알 수 있는 도로와 인공위성 같은 공간지각인지능력. 더불어 시속 200킬로미터 이상 달릴 수 없는 교통상황이 그의 편이었다.

우웅.

오른발에 밟힌 가속페달이 바닥에 닿았다.

앞 차와 옆 차선 사이에 있는 차량의 좁은 간격을 칼치기로 빠져나갔다.

빠아-앙.

뒤에서 클랙슨이 울리기를 수차례.

그래도 람보르기니 우라칸과의 간격은 여전했다. 마력과 토크에서 오는 순간 가속이란 성능의 차이를 극복할 수 없었다.

그렇게 몇 분을 달려 서초에 이르자 차들이 밀렸다.

조셉 판은 멀리 떨어져 속도를 줄이는 상욱의 차를 보며 이를 갈았다.

졌다는 감정이 낯설었다. 화가 치밀었다.

탁.

운전대를 손바닥으로 쳤다.

"호호호."

릴리트는 뒤에 앉아서 그 모습을 즐겼다.

"닥쳐."

화풀이가 릴리트에게 돌아갔다.

"병신! 흥."

릴리트도 만만치 않았다. 조셉 판을 완전 무시해 버렸다. 이럴 때는 확실한 남매지간이었다.

"개새끼, 문질러 버리겠어. 으드득."

그러자 조셉 판이 이를 갈았다.

"뭐로?"

"그건 저 앞차에 탄 놈과 할 이야기지. 아무튼 저 새끼 죽여 버리겠어."

조셉 판은 순간 돌아 버렸다.

그는 USB를 챙기고 노아미를 거둘 마음을 땅속에 묻어 버렸다. 그렇다고 힘으로 눌러 버리기에는 자존심이 허락하지 않았다.

상욱의 차가 반포를 넘어갈 때에야 차를 옆으로 붙인 조셉 판이 창문을 내렸다.

"Hey."

몇 번을 부르자 상욱도 창문을 내렸다.

상욱은 조셉 판이란 놈이 말을 걸려고 하자 오른손을 들어 가운뎃손가락을 세워 줬다.

부우-앙.

다시 가속페달을 밟았다. 갓길을 넘어 차를 추월해 나가자 다시 조셉 판과 멀어졌다.

상욱은 한남대교를 넘기 전 우회전을 받아 압구정 쪽으로 내달렸다. 뒤쪽으로 조셉 판이 따라붙었지만 거리를 줄이지 못했다. 날이 밝아 오며 차량 통행량이 늘어났기 때문이다.

그렇게 조셉 판을 달고 성수대교를 넘어 서울숲공원에서 내려 천천히 걸어 도로를 건넜다.

"Son of Bitch, I got it."

조셉 판은 차에서 내려 걸어가는 상욱을 보고는 차를 갓길에 세우고는 내렸다.

"You mother fucker."

그가 욕부터 날리며 상욱을 부르자 상욱은 도로를 하나 사이에 두고 양손을 들고 가운뎃손가락을 들어 보여 줬다.

그리고 뛰었다.

"오빠, 판."

릴리트는 상욱을 쫓는 조셉 판을 불렀지만 조셉 판이 뒤도 돌아보지 않자 사령邪靈을 불러냈다.

"lreseo neun Piedra. 일어서는 돌."

서울숲공원 입구 쪽 바람의언덕을 지나는 상욱의 앞으로 돌들이 튀어 허공으로 솟구쳤다.

"찻!"

짧은 기합과 함께 상욱이 몸을 띄워 2미터 높이에서 지면과 수평을 이루더니 왼쪽으로 회전을 하며 다리를 머리로 모아 둥글게 말았다.

구변속보의 망량독보로 장애물을 피해 가속을 더한 상욱은 땅에 발이 닫자 오른발을 앞으로 걷어찼다.

스-윽.

상욱의 상체는 새총 고무줄에 튕긴 돌처럼 앞으로 빠르게 나갔다. 그리고 재차 크게 몇 걸음을 걷자 서울숲공원 늪지로 종적을 감추었다.

"판."

릴리트는 제자리에 멈춰 선 조셉 판 옆에 섰다.

조셉 판은 상욱이 구변속도를 펼치자 경계의 얼굴이 되었다.

동생 릴리트가 펼친 이매술移魅術은 허접한 잡술이 아니다.

사령을 이용한 이 돌 공격은 보통 사람이 맞으면 즉사다. 그만큼 돌에 속도가 붙는다.

그런 돌을 두 번의 회피 동작으로 피해 내니 결코 일반인이 아니다.

"어떻게 할 거야?"

릴리트가 물었다.

적이 유인한 곳이다. 절대 불리한 장소다. 그녀는 물러날 것인지 의사 타진을 했다.

“동양 무술을 하는 놈쯤이야.”

“혼자가 아닐 수 있어.”

“너와 나 둘이면 무서울 것이 있나?”

“그럼 가.”

릴리트는 결정이 내려지자 조셉 판의 어깨를 툭 치고 먼저 나갔다. 어떤 놈이 어떤 함정을 팠는지 모르지만 앞은 사방 500미터에 불과한 공터였다.

그녀는 흰 막대를 꺼냈다. 1미터 크기의 뼈였다. 그 위에 몸을 싣고 날았다. 그녀는 마녀였다.

조셉 판도 릴리트와 맞춰 뛰면서 본색을 드러냈다. 뛰어가는 도중 신체에 변화가 일어났다.

이마에 불룩불룩 뿔이 여섯 개가 자라나며 얼굴은 뾰족해져 염소와 같았고 손은 늑대의 앞발로 변했다. 다리도 염소의 뒷다리로 바뀌어 두꺼워졌다.

두 오누이의 걸음은 빨라 곧 상욱을 발견했다.

릴리트의 얼굴이 굳어졌다. 놈은 늪지 가운데에 꽂힌 수량표시 말뚝에 서 있었다. 땅과 50미터 떨어진 막대 사이에는 징검다리 역할을 할 물건이 없다.

그럼에도 신발에 습기가 없다. 물 한 방울 묻히지 않았다는 뜻이다.

릴리트는 상욱과 눈이 마주치자 가슴이 덜컥 내려앉았다.

‘배덕의 마녀인 나 릴리트가 겁을 먹었다고?’

스스로에게 묻고는 머리를 흔들었다.

몰토르가 악마교에서 쫓는 자가 주인 로포칼레와 같은 존재일지도 모른다고 조심스럽게 속삭였다. 그리고 발견하면 연락만 취하고 부딪치지 말랬다.

당시는 귓등으로 말을 흘려들었는데, 이자의 기세를 보니 몰토르가 말한 놈이 틀림없었다.

"처음부터 강하게 나가자. 집중해."

조셉 판도 상욱을 보고 심상치 않은 기운을 느꼈다. 그는 릴리트에게 강한 메시지를 던졌다.

그리고 상욱에게 뛰어가며 카르를 여섯 개의 뿔로 몰아넣었다. 이곳에서 발한 붉은 빛은 상욱의 망막을 파고들었다.

상욱이 움찔했다.

조셉 판이 미소를 지었다. 50미터란 제법 먼 거리에도 그를 물 먹인 놈의 확장된 동공이 보였다. 더불어 그의 심령과 놈의 심령이 이어져 심장에 뿌리를 내렸다. 사령술의 하나인 미혹의 강이 제대로 먹혀들었다.

상욱의 세상이 바뀌었다. 그는 생태공원이 아닌 훈몽제에 있었다.

"아들아, 내 아들아."

그의 귀에 아버지 동건의 부름이 들렸다. 아버지는 평소와 달리 정광이 가득한 눈이다.

"갈喝-!"

상욱의 입에서 천둥 같은 고함이 터져 나왔다. 그는 눈 하나 꿈쩍 않고 조셉 판의 미혹의 강을 산산조각 내 버렸다.

미혹의 강은 피시전자가 가장 바라는 것을 왜곡된 시공간에서 보여 주는 사령술이지만, 상욱은 도가 계열인 천둔갑의 내공을 기초로 했고 지금도 그 내공을 운용하고 있었다.

이러니 강한 반발력으로 사령술을 제압할 수 있었다.

"크윽, 그 짧은 시간에?"

조셉 판은 상욱에게 빠르게 공격해 나가던 중 심령이 끊어지자 심장에서 쥐어짜이는 고통이 밀려와 멈춰 섰다.

상욱은 다섯 걸음 앞 물속에 선 조셉 판을 그냥 내버려 두지 않았다. 두 손을 번갈아 가슴에 대자 수투갑이 양손을 감쌌다. 그리고 툭 튀어 나가는 오른손엔 손목의 힘까지 실렸다. 그 끝은 회초리처럼 휘어져 조셉 판의 콧등을 향했다.

그때 조셉 판의 그림자 속에서 뼈 몽둥이가 튀어나왔다. 혼몽의 틈새란 이매술로 조셉 판의 그림자 속에 숨어 있던 릴리트였다.

조셉 판의 공격이 빗나갈 경우 비수가 될 한 수를 풀고 상욱을 공격할 수밖에 없었다. 그만큼 상욱의 주먹에 실린 기세가 장난이 아니었다.

탕-.

상욱의 오른손과 릴리트의 뼈 몽둥이가 부딪쳐 쇳소리를 냈다.

"크, 판."

릴리트는 신음을 토하며 물러났다.

상욱은 갑자기 튀어나온 뼈 몽둥이가 목젖을 찔러 오자 오른손의 방향을 바꾸어 뼈 몽둥이의 끝을 힘으로 밀어냈다.

그와 동시에 왼손으로 조셉 판의 관자놀이를 때렸다.

그 잠깐 사이 조셉 판도 정신을 차렸다. 상체를 비틀고 늑대 발로 변한 양손으로 상욱의 왼손을 쳐 냈다.

쾅.

맷돌로 땅바닥을 찍는 소리가 나며 조셉 판이 뒤로 쭉 밀려났다.

상욱은 조셉 판과 일어난 충격을 흘려 내며 계속 전진했다. 그 앞에는 조셉 판만 남았다. 릴리트는 어느새 조셉 판의 그림자 속으로 사라진 상태였다.

상욱의 얼굴에는 표정이 없었다.

하지만 마음은 실망감으로 가득 찼다. 중국에서 만났던 종규에 비하면 이 둘은 허약했다. 릴리트가 이술異術을 펼치고 있지만 그의 감각을 벗어나지 못했다.

비토리 정도나 될까?

여기에는 상욱이 오해한 부분이 있었다. 본래 종규는 이 둘에 비해 한 수 위에 있었고, 백혈과 구파의 세 장로의 내공을 흡수한 혈정을 취한 서문혜의 모든 것을 흡수했었다.

그 경지도 현경에 달해 조셉 판 등이 비할 바가 아니었다.

상욱은 이 부분이 아쉬웠다. 흡수할 카르마가 적었기 때문이다.

그렇다 해도 그는 잡은 물고기를 놓아줄 사람이 아니었다. 오히려 냉혹했다.

창-.

양 손목이 교차하며 수투갑이 단봉으로 변했다.

웅. 웅-.

상욱은 손에 쥔 단봉을 빙글빙글 돌리다 물러선 조셉 판을 향해 던졌다.

강기에 싸인 단봉은 팔모곤봉의 은하유성 초식에 빛살이 되었다.

하지만 조셉 판도 그대로 당하지 않았다. 자세를 잡고 여섯 개 뿔을 바짝 세운 채 돌진했다.

뿔 자체에 카르마가 뭉쳐 검은 안개가 뭉클 피어났다.

탕-.

조셉 판의 뿔은 의외로 강력했다. 강기에 싸인 단봉을 튕겨 냈다. 잠시 주춤했지만 상욱의 가슴을 향해 계속 파고들었다.

상욱은 튕긴 단봉을 잡아채 수투갑으로 만들어 양손에 찼다.

그 순간 릴리트가 공격했다. 그림자 속에 숨은 그녀는 땅에 뼈를 심었다. 이것들은 땅을 격하고 상욱의 양발 밑에서 솟아나 족쇄로 채워졌다.

"이 잡것들이."

상욱은 짜증을 토해 내며 발을 걷어찼다.

뿌직.

백골의 족쇄가 깨지며 땅으로 비산됐다. 더불어 천둔갑의 내공을 왼손에 밀어 넣었다.

퍽-.

상욱의 왼쪽 가슴 앞에 생긴 반원형의 강기를 반쯤 뚫으며 조셉 판의 뿔이 박혔다.

"이-익, 후-우."

조셉 판에게서 격분한 목소리와 격한 숨소리가 새어 나왔다.

상욱은 왼손의 강기를 거둬들이며 조셉 판의 여섯 개의 뿔 중 하나를 잡고 오른손에 내기를 불어 넣어 강기를 뽑아냈다.

그는 오른손을 위로 올리며 당수를 만들어 아래로 내리쳤다.

딱-.

"쿠우-우!"

뿔이 잘리자 조셉 판은 고통에 찬 비명을 질렀다.

그는 자랑거리이자 카르마의 정수인 뿔이 꺾이자 아픔보다 분노가 치밀었다.

하지만 그사이에도 상욱은 멈추지 않았다. 왼손에 들렸던 뿔을 땅바닥에 내팽개치고 다른 뿔을 잡고 강기를 두른 오른손으로 당수 내려치기를 했다.

퍽—.

또 하나의 뿔이 잘려 나갔다. 다시 그 뿔을 버리고 당수를 내려치려는데 조셉 판이 요동을 쳤다.

이때 이변이 일어났다. 땅바닥을 뒹굴던 두 개의 뿔이 검은 안개로 변해 조셉 판의 가슴으로 스며들었다.

그의 늑대 팔은 굵어지고 손톱은 30센티미터 이상 늘어났다. 남은 네 개의 뿔 역시 더 굵어지고 꼬여 그 끝은 송곳과 같이 변했다.

서울숲공원 입구에서 1차로 일어났던 변이에 이어 2차 변이가 시작된 것이다.

"재미있군."

상욱은 조셉 판의 뿔을 놓고 물러났다. 조셉 판이 변이할 시간을 벌기 위해 릴리트가 공격을 해 온 것이다.

그가 훌쩍 물러난 자리에 검은 뼈가 버섯처럼 몽글몽글 나오더니 터지며 버섯 포자처럼 검은 안개를 피워 올렸다.

이것들은 교묘하게 움직여 상욱에게 달라붙었다.

릴리트의 망령의 독이 뿌려진 것이다.

상욱은 갑자기 물러나던 걸음을 멈추고 역즉성단으로 천둔갑의 내공을 카르마로 전환했다.

“흐흡, 스읍.”

그리고 망령의 독을 크게 들이마셨다.

에블리스의 기억에도 없는 전혀 새로운 흑마법의 기술에 호기심을 참지 못한 상욱이다.

핑-.

머리가 어질했다. 확실히 독에 중독되어 얼굴이 검게 변했다.

그래도 상욱은 망령의 독을 흡수하는 것을 멈추지 않았다. 독과 연결된 릴리트의 카르마와 기억을 빨아들였다.

“끼아악!”

릴리트는 급격하게 빠져나가는 카르마에 비명을 지르며 조셉 판의 그림자에서 뛰쳐나왔다. 생명의 원천인 카르마를 넋 놓고 잃을 수는 없는 일이었다.

그녀는 뼈 몽둥이를 도깨비 방망처럼 허공에서 뽑아냈다. 이 뼈 몽둥이를 곧장 상욱의 얼굴을 향해 찔러 갔다. 특히나 그 끝에는 붉은 카르마가 요사스럽게 맺혀 있었다.

한편 조셉 판은 릴리트가 상욱에게 대항하는 사이 변이를 마치고 완전히 괴물로 변했다.

그는 급히 상욱에게 달려들었다. 카르마를 빼앗긴 릴리트의 존재감이 낮아졌고 그만큼 그의 마음은 다급했다.

네 개의 뿔에서 붉은 빛이 솟구쳐 상욱의 주위로 퍼졌다. 그러자 주변의 풀과 나무 들이 급격히 자라나 상욱의 다리를 감았다.

그때 릴리트의 뼈 몽둥이가 깨지며 비산해 상욱에게로 쏘아졌다. 그리고 릴리트는 핼쑥한 얼굴로 그 자리에서 굳었다. 카르의 근원인 카르마를 일시에 폭발시켰기 때문이다.

둘의 합격술은 의외성에서 상욱을 움찔하게 했다.

퍽. 퍽. 퍽.

뼈 조각이 상욱의 전신에 파고들었다.

뒤이어 쫓아온 조셉 판의 오른팔이 상욱의 옆구리 왼쪽에 깊숙이 박혔다.

펑―.

북소리와 함께 상욱이 튕겨 나갔다.

"후우, 징글징글한 놈."

조셉 판이 안도의 숨을 내쉬며 뒤돌아서 릴리트를 봤다. 그런데 릴리트의 안색은 여전히 질린 표정이다.

조셉 판 역시 고개를 돌리고는 얼굴이 굳어졌다.

상욱이 옷에 묻은 흙먼지를 털며 일어나고 있었다.

"흥미로웠어."

상욱이 웃음을 지었다. 그는 진짜 조셉 판과 릴리트의 기술 사령술과 이매술이 흥미로웠다.

마계의 열한 번째 마왕 에블리스의 기억 속에 있는 수많은 전투에 대한 간접 경험을 가진 상욱이다. 이와 유사한 술법도 적지 않았다.

하지만 피부로 느껴 보고 싶었다.

무엇보다 이매술로 물체와 공간을 이용하는 것은 마계에도 없는 기술이다.

물론 사령술과 이매술은 유사한 면이 있다.

사령은 구속력을 통해 영靈을 억압하는 주술적 요소가 강한 반면, 이매는 혼을 불러 빙의憑依를 시키는 술법에 가까웠다.

그러나 마계는 물론이거니와 이계에서도 혼이 깃든 아티팩트는 특별한 취급을 받는다. 일시적이지만 릴리트는 뼈에 혼을 깃들여 지배하고 물체와 공간을 이용한다.

뼈 몽둥이에 깃든 혼을 폭주 상태로 만들어 카르마의 폭발을 일으켰다.

상욱은 그 뼛조각을 일부러 맞아 보고 기뻐했다. 그 하나하나에 혼이 실렸다. 즉 혼 자체가 소멸되지 않고 남아 강력한 일체감을 풍겼다.

그가 마계로 진입하기 위해 꼭 필요한 술법을 찾은 것이다.

천둔갑의 내공과 전투술인 피의 전율 그리고 만상육절萬象六絕의 무기술은 그에게 큰 밑바탕이다.

그리고 비록 자연경과 유사한 황허지경荒虛之境을 눈앞에 둔 시점이라지만, 절대적으로 필요한 것이 무기다. 마계행을 준비하고 있는 시점이니 말이다.

더구나 그곳에서 어떤 상황에 처할지 모르고, 일대일이 아닌 일대다의 상황에 처할 가능성이 농후해 무기는 필수였다. 만상궤같이 손에 맞는 무기가 절실했다.

그것을 가져갈 단초를 릴리트에게서 발견했다.

이매술을 통해 혼령을 만상궤에 심어 놓고, 지박령地搏靈처럼 종속을 시키면 차원의 제약에서 벗어날 가능성이 보였다.

릴리트가 뼈 몽둥이를 공간에서 끄집어 내는 것도 실상은 혼령이 담긴 팔찌에 수납하는 방식이다.

이 모든 것을 피부로 알았으니 이제 남은 것은 하나였다.

사냥.

상욱은 지금까지 감추었던 카르마를 개방했다. 마왕의 포효와 같은 카르의 진동이 서울숲공원을 덮어 버렸다.

반원구의 결계와 같은 파동이 회오리바람으로 일어나 생태공원 전체를 감쌌다. 뿌연 먼지로 인해 서울숲공원 외부에서는 내부를 확인할 수 없게 되었다.

상욱은 조셉 판을 향해 걸음을 옮겼다.

그러자 조셉 판은 온몸을 떨면서도 빠르게 뿔을 하나씩 부러트려 심장에 박아 넣었다.

검은 기체로 변한 뿔을 흡수한 그는 6미터 크기의 괴물로 변했다. 그에 반해 카르마를 크게 손상한 릴리트는 발이 고드름이 된 듯 뚝뚝 끊어지는 걸음으로 물러났다.

조셉 판은 상욱에게 다가갈수록 압박감을 받았다.

"크아-아!"

괴성을 지르며 압박감을 털어 낸 조셉 판은 1미터가 넘는 손톱을 휘두르며 빛살처럼 상욱에게 달려갔다.

한 걸음을 딛기 무섭게 염소의 뒷발이 땅을 박찼고 양손을 머리 위로 올렸다가 상욱의 머리를 향해 훑었다.

쒸-익.

상욱이 고개를 숙여 피한 자리로 칼날 같은 손톱들이 지나갔다.

그 순간 조셉 판은 물에 뜬 개구리처럼 허공을 박차고 앞으로 쏘아졌고 릴리트는 뒤돌아서 뛰었다.

둘은 공격이 아닌 도주를 선택했다.

"흥."

상욱이 숙인 고개를 들며 비웃음을 토했다. 그럴 줄 알았다는 뜻이다.

쾅-.

그는 왼발로 진각을 밟으며 한 걸음을 내디뎠다.

부-웅.

공중을 부유해 조셉 판이 뛴 걸음보다 더 큰 호선을 그리며 오른발이 조셉 판의 등을 밟아 갔다.

"억-."

조셉 판은 하늘이 내려앉는 기세에 뒤도 못 돌아보고 급히 방향을 틀어 좌측으로 몸을 굴렸다. 마치 마왕이 강림해 어깨를 짓누르는 것 같은 위압감을 버틸 수 없었기 때문이다.

텅.

상욱의 오른발이 조셉 판이 있던 대지를 밟고 다시 왼발이 들렸다. 그 기세가 모든 방향을 잠식해 조셉 판의 움직임을 통제했다.

오롯한 화경의 끝에 선 천마군림보였다.

상욱이 중국에서 종규의 기억과 카르마를 극자흡성한 이후로, 천마군림보와 건공대나이신공으로 가상의 적을 두고 몇 차례 한 대련이 전부였지만 완벽하게 초식을 구현했다.

오히려 마기의 본류인 카르마로 펼친 천마군림보는 조셉 판으로 하여금 가공할 공포감을 느끼게 했다.

하얗게 질린 조셉 판이 할 수 있는 것이라고는 양손을 머리 위로 올려 상욱의 오른발을 막는 게 전부였다.

퍽-.

"크허억!"

"까아악!"

상욱이 오른발로 조셉 판을 걷어차자 볼링공처럼 튕겨 릴리트를 덮쳤다.

상욱은 그들을 보며 느긋하게 걸음을 뗐다.

여전히 천마군림보의 기세를 유지했다.

"사, 살려 줘."

조셉 판은 머리를 어깨 밑으로 두고 조아렸다.

상욱은 조셉 판을 일별하고는 오른발을 들어 목을 짓밟았다. 그리고 의식이 없는 릴리트의 머리를 오른손으로 잡아 뽑아 들었다.

"으-윽."

허공에 매달린 릴리트가 신음을 했지만 상욱에게 자비는 없었다. 극자흡성에 따라 릴리트의 카르마가 검은 안개로 변해 전신에서 솟아나더니 상욱의 모공으로 빨려 들어갔다.

부르르.

1분도 되지 않아 릴리트의 심장은 석화되고 육체의 수분은 바짝 말라 버렸다.

종내에 가서는 뇌수마저 일그러지더니 그녀의 기억이 딸려 나왔다.

상욱은 어금니를 깨물었다.

500년이 넘는 릴리트 개인의 역사가 몰려왔다. 정신적 충격을 떨치려고 볼살이 절로 진동했다.

"크크크크, 좋군."

으드드득.

상욱은 릴리트의 카르마와 기억을 흡수하며 잠시 진력의 통제를 잃었다.

어이없는 일이 일어났다.

발아래 밟혀 있던 조셉 판의 설골과 목뼈가 부러졌다.

"으으으음."

조셉 판은 피눈물을 흘리며 상욱에게 저주를 퍼부었다. 하

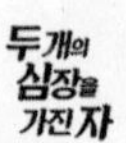

지만 골절된 설골이 기도를 눌러 호흡을 막았고, 완성 못 한 저주 주문은 욕에 불과했다.

그리고 릴리트는 카르마를 갈취당한 채 존재감을 상실하고 한 줌 재로 공중에서 산화됐다.

조셉 판은 그런 여동생 릴리트를 바라만 봐야 했다.

"끄어억."

상욱이 트림을 하며 횡격막까지 들어찬 카르마를 갈무리하더니 이번에는 조셉 판의 목을 잡고 들어 올렸다.

카르마의 정수를 모아 놓은 뿔을 심장으로 흡수해 괴물로 변한 조셉 판이다. 배가 땅바닥에 끌리며 딸려왔다.

조합으로 봐서는 괴물이 인간을 완력으로 들어 올려야 맞을 그림인데 거꾸로 됐다.

묘한 위화감마저 들었다.

"그냥 죽고 싶냐?"

상욱은 웃는 눈으로 오른손에 완력을 실어 앞으로 당겼다.

갑자기 대면을 한 조셉 판의 두 눈동자는 쉴 새 없이 흔들렸다.

상욱의 눈동자 깊은 곳에서 지옥의 겁화가 일어났다.

'소, 소울 밴드?'

조셉 판이 질겁했다.

"크흐흐, 계집의 이매술을 소울 밴드라 부르는 모양이구나."

상욱이 조셉 판의 속마음을 읽으며 음침한 웃음을 토했다. 벌써 정신의 반을 속박한 것이다.

"너의 정신과 카르마는 구슬과 같다. 그렇지?"

상욱이 말에 조셉 판이 고개를 흔들었다.

"너에게 영생을 주겠다. 너의 영혼을 내놓아라."

'나, 나는…….'

조셉 판은 속으로 강력하게 부인했다.

"너의 정신과 카르마는 구슬과 같다."

상욱은 똑같은 말을 되풀이했다.

조셉 판은 흔들리는 영혼과 빠져나가는 카르마를 붙잡으려 했지만 의식의 끈은 점점 가늘어졌다. 그리고 그도 모르게 고개를 끄덕였다.

영겁의 속박이 그를 지배했다.

상욱이 본격적으로 카르마를 일으켜 극자흡성으로 조셉 판의 카르마와 영혼을 갈취했다.

검은 기체가 조셉 판의 몸에서 분출되며 상욱의 머리 위로 모여들었다.

이것들이 점점 압축되면서 구슬의 형태를 취했고 시간이 지남에 따라 조셉 판의 동공은 해골 안쪽으로 사라지더니 종내에는 미라같이 변했다.

늑대의 팔과 염소 다리에서 털이 빠지고 살점이 끓어올라 화염에 쌓였다.

화마는 순식간에 조셉 판을 재로 만들어 버렸다.

툭.

상욱의 머리 위에서 주먹 크기의 구슬이 떨어졌다. 그는 그걸 공중에서 낚아챘다.

치이익.

그의 손에서 엄청난 열기를 발하는 회갈색 구슬 안은 진동을 했다.

상욱이 미소를 지으며 구슬을 바라봤다. 그 안에서 망령으로 변한 조셉 판이 온 사방을 들이받으며 빠져나오려고 울부짖었다.

휘-잉.

그리고 서울숲공원은 거센 바람이 모든 것을 쓸어 버리고 제자리로 돌려놨다.

상욱은 공원 밖으로 걸어 나갔다.

그가 어제오늘 고생하며 찾던 노아미가 도로에 주차된 람보르기니 우라칸에서 정신을 잃고 기다리고 있었다.

상욱은 정신을 잃고 있는 노아미를 그의 차로 옮기고 다시 조셉 판의 차로 갔다.

차량 거치대에서 두 개의 핸드폰을 수거했다. 조셉 판과 릴리트의 것이었다.

콘솔과 수납장을 뒤졌지만 그 외에는 특별히 차내에서 나온 것이 없었다.

그의 차로 돌아온 상욱은 이철로에게 전화를 했다.

–어떻게 됐는가?

전화를 받은 이철로가 다짜고짜 한 말이다.

"사람 하나 데려가야겠습니다."

–일이 잘 풀렸군. 그 노 씨라는 아가씨 말인가? 피해자를 조사도 않고 그냥 보호하란 것인가?

"말이 한참 길어져야 됩니다."

–알았네, 알았어. 어디로 가면 되나?

"서울숲공원으로 오시고 차도 한 대 끌고 가야겠습니다."

–내 사람을 바로 보냄세.

이철로가 서둘러 전화를 끊었다.

상욱은 조수석에 휴대폰을 놓고 조셉 판의 휴대폰부터 열었다.

다행히 비밀번호 설정을 해 놓지 않았다. 내부를 확인하자 몇 개의 통화와 문자가 기록되어 있었다.

그중 세 개의 통화 옆에 녹음 모양이 붙었다.

상욱은 그것을 눌렀다.

녹음된 통화 내용은 불명의 중년인과 영어로 통화한 대화였다. 통화에서 중년인과 노아미에 대한 납치와 관련된 말을 몇 차례 주고받았다.

조셉 판이 노아미 납치를 지시한 자를 나중에 협박할 목적으로 녹음을 해 놓은 것이 틀림없었다.

"이거면 충분하군."

상욱은 주먹을 움켜쥐었다.

이제 통화한 목소리의 주인공인 중년인을 찾아 윤치호와의 연결 고리만 찾으면 될 일이었다.

USB 문제는 안찬수 사형의 몫이었다.

그 전화를 받기 전까지는 그랬다.

한참 후 상욱은 람보르기니 우라칸과 노아미를 경기 이씨 가문에서 나온 사람들에게 인계하고 이영철에게 전화를 넣었다.

시간은 벌써 7시가 됐다.

"응, 나야."

–늦은 저녁에 일이 있었습니다. 아침에 전화를 드렸는데 통화가 되지도 않고…….

이영철이 타박을 했다.

"전화를 받을 상황이 아니었어. 어제 일은 뭐야?"

–노아미가 렌트한 차를 천지 그룹 비서실 사람이 끌고 서울로 올라가는 것을 검거했습니다. 그런데…….

이영철이 잠시 말을 끊었다.

"그런데 뭐?"

–천지 그룹 변호사가 나와서 선임계를 제출하고 긴급체포와 관련해 강력하게 항의를 해서, 강남서에서 그자를 석방했습니다.

"별일도 아니구먼. 노아미 신병 확보했다."

—네?

“아직은 강남서 쪽에 알리지 말고. 자세한 내용은 사무실로 와서 하자고.”

—사무실요? 대장님이 너무 좋아하시겠는데요

“아침부터 짜배기를 먹었나, 왜 그래?”

—노아미를 찾았으면 진즉 전화를 주시지.

“방금 찾고 전화한 거다. 긴 얘기 못 하니까 끊어.”

—눼, 눼.

이영철의 목소리는 여전히 뾰로통했다.

전화를 끊은 상욱이 차를 몰아 도착한 곳은 천지 그룹 앞이었다.

자네 대단한 사람이군

이른 아침.

안찬수는 어제 상욱과 통화를 하고 나름 생각을 많이 했다.

USB의 행방은 묘연하고 노아미는 납치되어 외국인 두 명과 같이 다닌다는 말이 머릿속에서 맴돌았다.

납치당한 노아미가 아직까지 살아 있는 것으로 보아 저쪽도 USB를 확보하지 못한 듯했다.

게다가 노아미의 남자 친구 소한솔이 USB를 택배로 보내기로 했다 하니 급한 마음은 벌써 우체국에 가 있었다.

그는 우체국 문 여는 시간보다 한참 일찍 원종과 같이 여의도 우체국으로 향했다.

주차장으로 차를 집어넣던 그는 우체국 입구에 서 있는 112 순찰차와 복잡한 출구를 보며 미간을 찌푸렸다.

차에서 내려 우체국 안으로 들어서니 손님보다 경찰들이 더 많았다.

"실례하겠습니다."

정복을 입은 경찰관이 안찬수와 원종을 제지했다.

"우체국에 무슨 사건이 터졌습니까?"

안찬수가 경찰관보다 먼저 입을 열었다.

"절도 사건인데 수하물이 없어졌습니다. 일반 우편이나 금융 업무가 아니면 다른 곳으로 가셔야겠네요."

경찰의 답변에 원종이 안찬수를 봤다.

안찬수의 얼굴에는 그동안 볼 수 없었던 분노가 가득 차 있었다. 둘은 이 절도 사건이 USB 때문에 일어난 것을 직감했다.

"알았습니다. 일단 사무실로 가시죠."

안찬수가 경찰과 원종을 번갈아 보며 말했다.

"그래도 확인은 해 봐야 하지 않겠는가."

"전화 한 통화면 확인될 일입니다."

"그렇기는 하네만……."

"오히려 이번 일이 무진 사제에게 넘어가는 것 같아서 미안하게 됐습니다."

"그러게 말이다. 하지만 사람 목숨이 걸렸으니 꼭 짚고 넘어갈 일이야."

두 사제는 우체국을 나오고도 한참 말을 나누었다.

사무실에 도착한 안찬수는 굳은 얼굴로 책상 의자에 앉았다.

초유의 일이 벌어졌다. 국가기관인 우체국을 털 간담이라니, 윤치호의 배짱이 보통이 아니었다.

'저쪽에서 거창하게 판을 벌였으니 내가 그 판을 걷어치워 주지.'

그는 휴대전화를 열려다가 멈칫했다.

"응?"

그의 눈에 책상에 놓인 서류 봉투 네 개가 눈에 들어왔다.

"NAM? 노아미!"

노아미의 영문 이니셜이 발신인으로 찍혀 있었다. 물론 수취인은 안찬수 그였다.

봉투를 집어 든 그는 칼로 봉투의 배를 쨌다. 그리고 가벼운 봉투를 들자 사각의 USB가 툭 떨어졌다.

그의 손이 다시 빠르게 움직였다.

칼날에 나머지 봉투가 개봉될 때마다 여지없이 USB가 하나씩 동봉됐다.

"이 보좌관!"

그는 밖을 향해 외쳤다. 방음이 안 된 사무실이라 사람 부르기는 좋았다.

"네."

바깥 사무실에서 대답과 함께 문이 열렸다. 민낯에 패딩과 청바지를 걸친 30대 초반의 여자가 들어왔다.

"부르셨어요, 의원님?"

"이 봉투 아침에 배달된 겁니까?"

"네. 퀵으로 두 개, 나머지는 사람이 방문해 각각 봉투 한 개씩 놓고 갔습니다."

"그 사람들 연락처는 받아 놨고요?"

"퀵과 심부름센터 사람인데 연락처는……."

"아-! 알았어요."

안찬수는 깨달았다, 노아미가 무엇을 말하는지. 대통령과 천지 그룹 윤재철의 관계를 규명해 주기를 원하고 있었다.

그는 컴퓨터를 켜고 내용을 확인했다. 역시나 네 개의 파일은 똑같은 내용으로 Ctrl+C, Ctrl+V였다.

그리고 모든 파일의 수정 날짜 역시 사흘 전으로 통일되어 있었다.

하지만 이것 갖고는 죽도 밥도 안 된다. 문제는 원본 파일이다. 파일의 작성 연월일이 그날그날 고스란히 남겨진 파일이 중요했다.

파일 내용이야 음모로 치부해 버리면 그만이다.

탁-.

안찬수가 갑자기 무릎을 쳤다.

"소한솔이 갖고 있구나."

택배 배달은 길어야 사흘이다. 원본 파일이 복사된 시점도 사흘 전이다.

그리고 USB를 소한솔이 택배로 보냈다고 했다. 의당 원본은 소한솔이 가진 셈이다.

'머리를 조금만 굴렸으면 될 일을.'

윤치호에게 쫓기는 노아미가 USB를 갖고 다닐 이유가 없었다. 그녀의 주변을 살폈다면 상욱을 귀찮게 할 일이 아니었다.

그러다 돌이켜 보니 상욱이 더 대단해 보였다.

노아미가 부산에 내려가 있고 그곳에서 납치가 의심되는 사실을 캐냈다. 납치 용의자도 금방 찾아냈다. 게다가 강남서에서 노아미를 실종으로 추정하고 사건을 진행했을 때 아무도 소한솔을 주목하지 않았다.

그런 소한솔을 어떻게 다뤘는지 노아미와 소한솔의 계획을 낱낱이 파헤쳤다.

여기까지가 상욱과 통화로 알아낸 상황이다.

이제 그는 상욱이 밤사이 납치 사건을 어떻게 풀고 헤쳐 놨나 궁금했다.

그래서 더욱 우체국 절도 사건에 대해서 이야기를 나누고 싶어졌다.

게다가 안찬수는 오늘 우체국 절도 사건을 생각할수록 괘

썸했다.

우체국은 국가기관이다. 그런 곳을 털었다는 발상 자체가 국가에 대한 도전으로 받아들여졌다.

이 유례없는 일을 저지른 배후에 윤치호가 있다고 여겼다. 무엇보다 대한민국의 돈을 움켜쥔 천지 그룹의 일족이라는 것이 더 큰 문제였다.

고위층의 도덕적 해이는 결코 있어서는 안 될 일이었다.

이런 여러 가지 일이 겹치자 그는 윤치호를 꼭 법의 심판대에 세우고자 했다.

그럴 사람이 상욱이었다.

그는 핸드폰을 들었다. 몇 번 신호음이 가고 연결이 됐다.

"어, 사제."

원래 가공된 말을 않는 그의 목소리 톤이 올라갔다. 막연한 기대감과 반가움이었다.

—네, 사형. 그렇지 않아도 전화를 드리려던 참이었습니다. 노아미를 찾았습니다.

"어떻게?"

역시나 상욱은 안찬수의 기대를 배신하지 않았다.

—부산에서 서울로 올라오는 납치 용의자를 발견하고 쫓아가 노아미를 찾았습니다.

"다치지는 않았고?"

안찬수는 상욱의 안부부터 챙겼다.

—저야 멀쩡합니다만…….

"혹 노아미 양에게 문제라도?"

—그것은 아니고, 용의자들을 놓쳤습니다.

상욱에게서 답을 들었다.

"사제 정도 되는 사람이 놓쳤다면 대단한 자들이겠지."

—그 정도는 아니었습니다만, 뭐 어쨌든 그보다 중요한 일이 있습니다. 어제 소한솔에게서 중요한 물건을 얻었습니다.

"응, 그 물건이 내가 생각하고 있는 것이 맞는가?"

—네, 맞습니다.

"그렇다면 사제가 보관하고 있는 게 맞겠군. 윤치호를 법정에 세울 중요한 자료일 테니까."

—국회에서 청문회를 일으켜 정치적 입지를 세울 수 있는 USB인데 그걸 내놓겠다고요?

"정치를 한답시고 개인의 피해를 무시할 수는 없는 일이네. 자료만 온전하면 언제든 국정 자료로 청구할 수 있고."

—제 손에서야 온전하지만 검찰과 법원에서는 장담 못 합니다.

"그래서 부탁이 있네. USB 증거 능력을 보장해 놓게."

—그러면 되겠군요. 일단 컴퓨터로 USB 내용과 날짜 등을 녹화해 놓겠습니다.

"믿겠네. 나중에 보세."

같은 시각 천지 그룹 본사 앞.

상욱은 안찬수와 전화 통화를 끊고 차에서 내렸다. 그는 종로구 계동에 있는 천지 그룹 본사 앞에서 윤치호를 기다리고 있었다.

언제 출근할지 모르는 윤치호를 7시부터 벌써 1시간째 기다렸다. 그러나 이 만남은 기다림에 반비례한 짧은 시간이었다.

"윤치호 씨."

굵직한 목소리에 윤치호는 앞을 보고는 걸음을 멈춰 섰다.

청바지에 패딩을 걸친 거구의 젊은 사내라 뒤를 봤다. 수행비서 겸 경호원이 상욱 앞을 막아섰다.

"뭐야, 넌?"

경호원은 상욱 못지않게 덩치와 키가 컸다. 그리고 무엇보다 인상만으로도 소를 잡게 생겼다.

"어지간히 뒤가 구린가 보네. 풋, 덩어리하고는."

상욱은 눈높이를 맞춘 경호원의 튀어나온 배를 보며 피식 웃으며 말했다.

"이 자식이 실장님한테."

경호원이 양손으로 상욱의 가슴을 밀었다.

퍽.

상욱의 가슴에서 샌드백을 두드리는 소리가 났다.

"으윽."

하지만 밀듯 때린 경호원이 신음을 토하며 양손을 부여잡고 서너 걸음을 물러났다.

"어어."

경호원 등 뒤에 서 있던 윤치호가 놀라 급히 물러서다가 앓는 소리를 냈다. 그는 경호원의 덩치에 깔려 넘어졌다.

그 모습에 상욱이 크게 발을 내디뎠다.

탁. 탁.

사선으로 비껴 선 상욱은 왼손으로 윤치호의 왼쪽 겨드랑이를 끼고 잡아 빼며 오른손은 경호원의 등을 받쳤다.

상욱이 넘어지던 두 사람을 한꺼번에 세우자 윤치호의 눈이 커졌다. 사내가 키와 덩치가 있어도 얼추 잡아도 2백 키로가 넘는 둘을 아이 다루듯 하니 보통 사람이 아니었다.

"허우대만 멀쩡해서. 나 어제 통화한 특수대 3팀장 박상욱 경감입니다."

상욱이 윤치호의 어깨에서 손을 빼며 마주 섰다.

"무례하군."

윤치호의 얼굴이 굳어졌다.

'어린놈의 새끼가 반말은.'

속에서 주먹만 한 것이 올라왔지만 상욱의 표정은 그대로였다.

"전 여친이 실종됐는데 몇 마디 협조를 받는 것이 무례라면 나는 그 무례를 천 번이라도 할 각오가 있습니다만."

"말 잘하네. 천 번이나 후회하겠구먼. 무례한 족족 후회할 테니까."

"후회는 일 끝나고 나중에 하는 것이고, 일단은 전 여친 노아미 씨에 대해서 몇 가지만 물어봅시다."

"너 같은 놈하고 할 말 없다고."

으드득.

윤치호가 이를 갈며 왼쪽 어깨로 상욱의 가슴을 세게 박았다.

퍽.

제법 소리가 났지만 윤치호나 상욱이나 물러서지 않았다. 아니, 윤치호는 거미줄에 묶인 나방처럼 움직일 수 없었다.

그런 윤치호 귀에 대고 상욱이 속삭였다.

"USB가 유출되길 바라나 봅니다, 실장님."

"야, 이 짭새 새끼야. 네 호주머니로 USB가 들어갈 것 같냐? 애초에 너 같은 놈은 밑바닥 인생이야."

"아~ 그러세요? 감동받을 만한 말이네요. 그래서 USB를 빼돌렸나요? 뭐 그럴 수도 있겠네."

"개, 개소리하고 자빠졌네."

윤치호의 얼굴에 당황한 빛이 역력했다.

"하지만 한 번 실수는 두 번 할 수도 있고. 참, 그 USB 윤 실장님 거 맞나 확인해 보시고요."

상욱은 윤치호를 밀어내며 양복 깃 매무새를 털었다. 그는 그 잠깐 사이에 깃 안에 윤치호 몰래 초소형 무선 도청기를 달았다.

"너, 너."

윤치호는 흥분해 부르르 떨었다. 갑자기 USB에 수작을 부렸나 불안감도 들었다.

그렇다고 여기서 상욱에게 주먹을 쓰자니 그로서는 상대가 안 됐다.

"참고로 긴급체포당할 때 조심하기 바랍니다. 제가 체포하는 과정이 상당히 거칠거든요. 아구지에 강냉이가 털릴 수 있으니 어금니 꽉 깨물고 계셔야 할 겁니다, 하하하."

상욱은 일부러 승자의 웃음을 지으며 돌아섰다.

그의 도발에 윤치호는 도끼눈으로 상욱의 뒤통수를 바라봤다.

사무실에 올라온 윤치호는 비서실 오민관 부장을 호출했다.

오민관은 윤치호의 얼굴을 보자 심상치 않은 일이 벌어진 것을 직감했다.

"얼굴색이 안 좋으십니다."

"오늘 새벽 보고한 우체국 건은 확실합니까?"

윤치호는 앞뒤를 짜르고 본말만 했다.

"그렇지 않아도 우체국에서 택배를 찾아서 가지고 왔습니다."

오민관은 손에 든 작은 상자를 윤치호 책상에 내려놨다.

"뒤탈은 없겠죠?"

"잡히더라도 그냥 좀도둑입니다."

"고생했어요. 나가 보세요."

윤치호는 오민관이 나가자 서둘러 상자를 뜯었다.

늘 쓰던 USB가 있었다. 그 USB를 컴퓨터에 삽입하고 확인했다.

"후-우, 내용은 변한 것이 없는데……."

모니터에 윤재철 회장의 일정과 몇 가지 잡문서들은 물론 파일명까지 그대로였다.

그래도 아침에 만난 덩치 큰 짭새가 목에 탁 걸렸다.

삐리릭.

그는 인터폰을 눌렀다.

-네, 실장님.

밖의 여직원이 답했다.

"전산실에 연락해서 사람 하나 불러 주세요."

좀처럼 USB에 대한 불안감이 가시지 않는 그였다.

5분이 채 지나지 않아 40대 초반의 여자가 노크와 함께 들어왔다.

"이명숙 과장님이 직접 오셨습니까?"

"이른 시간이라 직원들이 출근 전입니다. 제가 당직이기도 했고요."

"그래요. 이것 내용이 카피됐나 확인 좀 부탁할까요?"

윤치호가 자리를 비키며 컴퓨터를 가리켰다.

"어떤 겁니까?"

이명숙이 자리에 앉으며 물었다.

"D드라이브 확인합시다."

확인 작업은 금방 끝났다.

레지스트를 열어 USB 내용은 건들지 않고 원본 파일의 접속 여부를 봤다.

"이것 복사본 같은데요."

"같은 거요, 틀림없는 거요?"

"확실해요."

"알았소."

윤치호의 표정이 굳어지자 이명숙은 황급히 사무실을 나섰다.

다시 의자로 돌아와 USB를 빼고 주먹을 쥔 윤치호가 손을 부르르 떨었다.

탁.

거칠게 바닥에 내던진 USB가 박살 났다.

행동은 난폭했지만 딱 거기까지였다. 차갑게 식은 머리는 빠르게 돌아갔다.

'키포인트는 박상욱이 아니야. 그놈이 껄끄럽기는 하지만 증거만 없으면 제깟 놈이 뭘 하겠어. 정황상 원본은 소한솔이 가지고 있는데…… 이런 때 배한승이 필요한데…….'

강남서로 긴급체포 된 배한승이다. 변호사를 보내 조사를 마치고 귀가한 상태였다.

다른 사람을 불러서 일을 시켜야 정상이지만 이런 일일수록 아는 사람이 적어야 좋다. 또 막상 일할 사람을 찾으려 하니 믿고 맡길 손이 귀했다.

그는 배한승에게 전화를 했다.

–지금 고객께서는 전화를……

툭.

배한승이 전화를 받지 않았다.

강남서에서 너무 뜨겁게 데여서 사우나에 간다고 보고를 했던 배한승이다.

"천생 오민관뿐이군."

그는 곧장 인터폰을 눌렀다.

"오 부장님 들어오라고 하세요."

한참 후 다시 오민관이 들어왔다.

"찾으셨습니까?"

"일이 묘하게 꼬였습니다."

"네?"

"그 USB 복사본입니다."

"그럼 진본은 누가?"

"빤한 것 아닙니까? 조셉 판이 노아미를 다 확인해도 USB를 찾지 못했다면 소한솔밖에 더 있겠소."

"그 초등학교 선생 말입니까?"

"일단 조셉 판에게 전화해서 노아미 소지품을 보라고 하시고, 사람 시켜서 소한솔 얼굴 한 번 더 봅시다."

"알겠습니다."

"오 부장님, 좀 서둘러 주세요."

윤치호가 자리에서 일어나며 사무실을 나가는 오민관에게 말했다. 그만큼 속이 탔다.

딱.

"오케이."

천지 그룹 본사 주차장에 댄 차 안에서 도청 장치를 통해 흘러나오는 윤치호와 오민관의 대화 내용을 듣고 있던 상욱이 검지와 엄지를 튀겼다.

그리고 녹음 종료 버튼을 눌렀다.

상욱은 녹음기를 내려다봤다.

이 녹음 파일은 증거가 될 수 없다. 명백한 불법 증거다.

수사하는 과정에서 수집된 불법 증거는 법정에서 무용지물이나 마찬가지다. 즉 불법 증거 수집 배제의 법칙에 의해 상욱에게는 전혀 쓸모없는 녹음에 불과했다.

하지만 중요한 물증 두 개가 나왔다.

조셉 판과 연락을 취하라는 윤치호의 명령이 오민관에게 전해졌다. 조셉 판의 통화 녹음 파일의 중년인 목소리의 주인공이 오민관이라는 뜻이다.

우-웅. 우-웅.

아니나 다를까, 조셉 판의 핸드폰에 중년인의 전화번호가 떴다. 오민관이리라.

상욱의 얼굴에 미소가 그려졌다. 그는 옆자리에 놓인 조셉 판의 휴대폰에서 시선을 뗐다.

두 번째 물증은 그의 손에 녹아난 조셉 판과 릴리트의 존재를 증명하는 일이다.

부산에서 노아미를 납치한 피의자 조셉 판과 릴리트의 존재는 레스토랑 화이트 하우스 CCTV로만 존재한다.

납치 피의자(종범) 없이 교사자(정범)만 있는 사건의 재판 과정에서 오민관과 조셉 판의 통화 내용은 종범의 실체를 증명할 중요한 증거다.

이제 오민관의 휴대폰이 조셉 판과 통화한 번호인지 일치 여부만 확인하면 된다.

상욱은 차에서 내려 안타까운 눈으로 그의 차를 바라봤다.

"아 씨, 1년밖에 안 된 차인데."

그는 눈을 질끈 감고 조수석 범퍼를 발로 비껴 찼다.

퍽-.

범퍼가 물러나며 운동화에 검은 고무 자국이 남았다. 일견 차량이 접촉한 형태였다.

그는 쓰린 가슴을 부여잡고 천지 그룹 현관으로 갔다.

"어떻게 오셨습니까?"

현관에서 경비원들이 상욱을 막았다.

"오민관 부장님을 찾아왔는데요."

"무슨 일이라고 전해 드릴까요?"

"아침에 교통사고가 났는데 명함이 없다면서 이름과 연락처만 남기셨거든요."

상욱은 덩치에 맞지 않게 어수룩하게 답했다.

"누구랑 교통사고가 나요?"

경비가 물었다.

"오민관 부장님요."

"잠깐 기다려 보세요."

경비원이 고개를 갸우뚱거리며 수화기를 들었다. 그리고 1분이나 통화를 했을까? 붉어진 얼굴로 상욱을 째려봤다.

"당신 진짜 오민관 부장님이랑 교통사고 난 것 맞아?"

"진짠데요."

"오 부장님은 그런 일 없다는데."

"어, 어떻게 그런. 대기업 부장씩이나 돼서 그런 거짓말을. 내 차를 보자고요."

상욱이 경비의 손을 잡고 주차장으로 갔다.

"어, 어, 이 사람이. 무슨 힘이 이렇게 세."

경비는 상욱에게 질질 끌려가다시피 주차장으로 내려갔다. 그리고 교통사고로 함몰된 상욱의 차를 보고 미심쩍은 표정이 풀렸다. 그는 경비실로 돌아와 다시 수화기를 들었다.

그러자 상욱이 경비에게 한마디를 덧붙였다.

"목도 아프고……. 그 부장님 안 나오면 뺑소니로 신고할 겁니다."

그는 오른손으로 목을 붙잡고 좌우로 빙빙 돌렸다.

경비는 오민관과 한참을 통화하더니 상욱에게 말했다.

"나오신다는데, 교통사고가 없다면 각오해야 할 거야."

한참 후.

오민관은 엘리베이터를 타고 내려왔다.

"바빠 죽겠는데 별 시답지 않은. 누구야?"

그는 현관으로 나오며 이를 갈았다.

경비의 눈이 상욱으로 향했다.

"당신 오늘 아침에 나 봤어?"

"어? 아, 아닌데."

상욱이 말을 더듬었다.

"확인했지. 그럼 됐지?"

오민관은 1초가 아까워 돌아섰다.

"저기, 차를 확인할 수 있을까요?"

"이런 개…… 지하 주차장 1층 C구역 5599 확인해 봐. 거기서 잡소리하면 오늘 당신 관 짜는 거야."

상욱의 말에 오민관은 벌컥 화를 내려다 인내심을 발휘했다.

"제가 같이 가겠습니다."

경비가 미안한 표정을 지으며 상욱을 째려봤다.

그러나 오민관은 뒤도 안 돌아보고 엘리베이터를 탔다.

"갑시다, 진짜."

무안을 당한 경비는 상욱을 데리고 지하 주차장으로 갔다.

"자, 5599. 오 부장님 차 맞지?"

경비는 오민관의 차 앞에 서서 상욱을 봤다.

"그렇기는 한데……."

"또 뭘 확인하고 싶다고."

"아니, 차량 색깔 다 똑같다고요. 사진이라도 찍어 놓을게요."

상욱이 휴대폰을 꺼냈다.

"백 번 찍어 봐, 이 사람아. 먼지가 저리 쌓였는데."

경비는 투덜거리면서 뒤로 물러났다.

그러거나 말거나 상욱은 오민관의 차 앞으로 가서 휴대폰 카메라로 몇 장의 사진을 찍었다.

"어디서 저런 무녀리가 나왔을까? 진짜 헛똑똑이구먼."

경비가 그 모습을 보며 혀를 찼다.

지하 주차장을 나서는 상욱은 고개를 숙이며 한숨을 내쉬었다. 경비는 고개를 좌우로 흔들 뿐이었다.

'오민관 차량 주차 전화번호 메모와 중년인 전화번호가 똑같았어. 이제 입건할 일만 남았군.'

상욱의 입매가 위로 올라갔다.

1시간 후.

오민관의 얼굴이 붉어져 윤치호 사무실 문을 열었다.

“큰일 났습니다.”

“저 안 죽었습니다. 호들갑 떨지 마세요.”

윤치호가 의자 등받이에 기대고 오른손을 책상에 올려놓았다. 그 오른손이 잘게 떨고 있었다.

“조셉 판이 연락되지 않습니다.”

“그리고요?”

“소한솔도 강남서에서 나왔는데 납치 피의 사건 참고인 조사를 받았답니다.”

“내가 그런 말 듣자고 했어? 소한솔 얼굴 보자고 했잖아, 시발.”

윤치호 얼굴이 붉어져 화를 냈다.

“그게……. 형사 차량이 와서 소한솔을 데리고 갔는데, 특수대였답니다.”

“강남서는 사건을 어떻게 진행하고 있습니까?”

“그쪽 책임자와 연락을 했습니다만 특수대에서 개입한 일이라 자기 손을 떠났다고……. 피해자 신병도 확보한 것 같다며 일방적으로 전화를 끊었습니다.”

“뭐요? 노아미까지. 조, 조셉 판은 어떻게 됐소?”

"방금 말씀드렸지 않습니까? 행방이 묘연합니다."

오민관의 말에 윤치호의 얼굴이 검붉다 못해 시꺼멓게 변했다. 그리고 오늘 아침 덩치 큰 짭새가 한 말이 떠올랐다.

-긴급체포당할 때 아구지에 강냉이 털릴 수 있다고.

곰 앞발 같은 주먹이 겹쳤다. 그는 온몸을 부르르 떨었다.

그러다 고개를 흔들었다.

귓방망이 한 대 문제가 아니었다.

그의 부친 윤재철 회장과 대통령 한민국이 한 달에 한 번 정도 불규칙적으로 회동을 가졌다는 것이 알려지면 나라가 시끄러워질 일이다.

두 눈이 질끈 감겼다.

'정경유착', '특혜 시비', '청문회', '게이트', '하야'.

10초도 안 되는 사이에 별의별 생각이 꼬리를 물었다.

"나가 보세요."

윤치호는 엉거주춤하게 서 있는 오민관에게 말했다. 그리고 오민관이 나가자 인터폰을 눌렀다.

"회장님 방에 손님 있습니까?"

-아직까지 일정 없으십니다.

"알았습니다."

여비서와 통화가 끝나자 윤치호는 자리에서 일어났다.

'반절은 죽었다고 각오를 해야 하나.'

주먹을 꽉 쥔 그는 떨어지지 않는 발걸음을 떼어 회장실로 향했다.

띠리링. 띠리리링.

상욱은 운전대를 잡고 있던 것을 놓고 오른손으로 조수석을 더듬었다.

'사무실에 다 와 가는데 그새를 못 참나?'

전화를 할 사람은 이영철밖에 없었다.

그는 핸드폰을 들었다. 그런데 의외의 이름이 액정에 떴다.

한두전

상욱의 얼굴이 일그러졌다. 그는 대통령의 사람이다. 어떤 이야기가 나올지 각이 잡혔다.

"박상욱입니다."

—한두전일세. 통화 되겠는가?

"말씀하시죠."

—청와대로 걸음을 해 줘야겠네.

"지금 말입니까?"

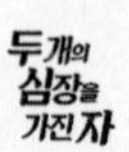

―여기 일이 그럴 수 있나? 2시로 일정을 잡아 놓겠네.

일방적인 통보에 상욱은 한숨이 나왔다.

"휴우, 시간 맞춰 가겠습니다."

―그러면 그 시간에 보세.

한두전이 전화를 끊었다.

그 순간 상욱의 차는 특수수사대 주차장으로 들어섰다. 하지만 그는 곧장 차를 돌리며 이영철에게 전화를 했다.

"어, 난데."

―왜 안 들어옵니까? 대장님이 기다리시는데.

"청와대 호출이다. 아무래도 이번 사건 때문인 것 같다."

―그럼 저는 어떻게 합니까?

"개인적으로 온 전화야. 혼자 들어오라는 소리지. 사건 내용을 대장님께 간추려 말씀드려."

―네? 아니 그걸 왜 제가?

"바쁘니까 전화해도 안 받는다. 끊는다."

상욱은 일방적으로 전화를 끊고 여의도로 향했다. 안찬수는 만나 봐야 했다.

무엇보다 바지 오른쪽 호주머니의 USB를 안찬수에게 넘겨야 할 것 같았다.

바쁜 오전을 보낸 상욱은 오른발에 힘을 줘 차의 가속페달을 밟았다.

차는 청와대로를 타고 청와대를 지나쳐 효자동 삼거리에 들어섰다. 직진하며 손목시계를 들여다봤다.

'2시. 충분하군.'

한두전에게 전화가 와 VIP가 그를 호출했다는 말에 안찬수와 경기 이씨 가문에서 보호하고 있는 노아미를 만난 후였다.

점심까지 건너뛴 빠른 출발이었던 만큼 이른 시간에 도착했다.

곧장 신교 공영 주차장에 주차를 한 그는 차에서 내려 보라색 양복의 깃을 살폈다.

원하지 않는 자리였지만 대한민국 최고 수장을 만나는 자리다. 예의는 지켜야 했다.

걸음을 빨리한 상욱은 경호동에 방문해 신분증을 제시하고 출입 절차를 밟았다.

청와대 본관 출입을 위해서는 신원 조회가 필수라 인적 사항을 불러 줬었다. 긴급 신원 조회가 주소지 경찰서로 내려갔고 경찰청을 통해 회보가 왔다.

그래도 101경비단은 절차에 따라 그를 몸수색했다. 모든 확인이 끝나자 한두전이 경호동에 들어왔다.

"가지."

그는 정각에 맞춰 들어와 상욱을 보며 퉁명하게 말했다.

USB 문제로 심기가 여간 불편한 모양이다. 청와대에 가는 내내 말이 없었다.

"사제."

그러다 청와대에 거의 도착해서 한두전이 뜬금포를 쐈다.

"네?"

"자네나 나나 한 집안 맞지?"

"그렇군요."

상욱은 한두전의 말이 틀리지 않아 수긍했다.

"그럼 적어도 나에게 이 일에 대해서 언질 정도는 해 줄 수 있지 않았나?"

"지도관님, 원종 백부님이 저를 공항에서 불렀는데 이 일에 관해 말씀이 없으셨죠. 저라도 그랬을 겁니다. 내 논에 물 빼는데 누가 참겠습니까?"

"쏟아진 물을 담자는 것이 아니네. 그나마 남은 물병이나 건사하잔 말이네."

"제가 결정할 일은 아닌 것 같습니다."

"허어-."

한두전의 탄식이 나왔다.

오늘 아침 대통령은 천지 그룹 회장 윤재철로부터 전화를 받았다. 대통령과 윤재철이 회동을 가졌던 날이 담긴 USB가 유출되었다는 것과 그것을 회수하기 위해 몇 가지 실수를 했다는 내용이었다.

그 USB야 대통령과 안찬수가 정치적으로 풀어야 할 문제라지만 납치 건은 미묘한 부분이 있었다.

그런데 상욱의 태도를 보니 천지 그룹 윤재철 회장의 아들놈은 버려야 할 패가 되게 생겼다.

“일이 어쨌든 오늘은 점잖게 듣기만 하게. 부탁하네.”

“노력해 보겠습니다.”

대통령 집무실 앞에 이르러서 끝내야 했다.

“잠시 기다리게.”

한두전은 대통령 집무실 앞에 멈춰 서더니 상욱을 대기시켰다. 그리고 노크를 하고 들어갔다.

1분가량 지나서 한두전이 문을 열고 상욱을 향해 손짓을 했다.

상욱은 집무실 안으로 들어가 주변을 살폈다.

넓은 책상 앞에 응접 집기가 놓였고 국가 상징물들이 벽과 구석을 차지했을 뿐 여느 사무실이나 같았다.

그곳에 두 사람이 각기 책상과 소파에 앉아 있었다.

“경찰청 소속 특수수사대 박상욱 팀장이 왔습니다, 대통령님.”

한두전이 집무실 책상에서 서류를 보고 있는 대통령에게 보고했다.

대통령 한민국은 고개를 들어 상욱을 봤다.

“일단 앉지.”

한민국이 소파를 가리켰다.

“특수수사대 박상욱 경감입니다.”

상욱은 허리를 숙여 인사부터 했다.

“그대 이야기는 한 지도관뿐 아니라 몇 사람에게 들었네. 참, 여기는 퇴역한 양진국 대장일세.”

한민국이 말을 하다 그의 앞자리에 앉은 노인을 소개했다.

상욱은 일 때문에 왔지만 대통령의 소개에 노인에게 인사를 하지 않을 수 없었다.

‘남독두 양진국이 왜?’

쟁천의 오성五星에 대한 용모파기는 진즉에 꿰고 있는 상욱은 고개를 숙이면서 미간을 찌푸렸다.

그 인사를 받는 양진국도 만만치 않았다. 관심이 하나도 없는 태도로 고개만 끄덕였다.

“박 경감, 내가 왜 불렀는지 알고 있나?”

소파에 앉는 상욱에게 대통령 한민국의 말은 묘한 압박으로 다가왔다.

보통은 ‘내가 뭣 때문에 불렀네.’라고 말해야 정상이다.

“모르겠습니다.”

상욱도 그보다 못하지 않았다. ‘생각하건대 무슨 일로 부르신 것 같습니다.’라고 답이 나와야 정상이다.

한민국이 눈살이 내려오고 급기야 한두전이 나섰다.

“허엄, 박 경감, 대통령께서는 천지 그룹의 윤 실장 일을 말씀하시네.”

“그 일이라면 법에 따라 처리할 것입니다.”

"의당 그리할 일이겠지. 하지만 피해자라 할 수 있는 노아미 양은 여행 중 만난 외국인과 동행을 했다고 알고 있네. 그런데 경찰이 이현령비현령耳懸鈴鼻懸鈴. 귀에 걸면 귀걸이 코에 걸면 코걸이라고 윤치호 군를 걸고넘어지고 있다는데……."

갑자기 양진국이 끼어들었다.

"대통령님, 실례입니다만 제가 저분에게 들어야 할 말은 아닌 것 같습니다."

"이보게, 양 장군께서는 정치를 하시는 분이네."

상욱의 말에 한두전이 급히 수습을 했지만 양진국의 얼굴이 노기에 붉어졌다.

그러나 상욱은 그러거나 말거나 제 할 말을 다 했다.

"참으로 불편하군요. 납치 사건은 부산과 서울에 걸쳐 일어나 관할권이 중첩되어 있어 특수대에서 내사할 권한이 있습니다. 그걸 권한이 없는 분이 방해하시겠다는 말로밖에 안 들립니다. 그리고 노아미 양이 확실히 납치되었다는 증거가 제 손에 있습니다."

"껄껄껄."

그러자 한민국이 대차게 웃음을 터트렸다.

"유성流星이 오늘 크게 당하는구먼."

"끙."

양진국이 앓는 소리를 냈다.

"내가 손을 떼라 하면 그리할 텐가?"

한민국이 웃음을 뚝 끊고 상욱에게 물었다.

"대통령께서 행정부의 수반으로서 내사 중지를 직권으로 명하시면 의당 법에 따라 그만둘 것입니다."

"그래, 내가 명령을 내리면 된다 이거지."

"물론입니다. 단지 USB 건은 제가 관여할 사안이 아닙니다. 이미 안찬수 의원에게 가 있습니다."

상욱의 말에 한민국의 얼굴에 짜증이 스쳐 지나갔다.

탕.

"이런 형편없는 자가 있나? 범죄 피해품을 경찰관이 사사로이 취급을 해? 직무유기야, 직무유기!"

양진국이 탁자를 두드리며 고함을 쳤다.

"아까도 말했지만 전직 군인에게 내사 내용을 말할 필요성을 못 느끼겠습니다."

"내가 알아야겠네."

한두전이 상욱의 말을 가로챘다.

-정말 이러실 겁니까?

상욱이 한두전에게 전음을 보냈다.

"말해 보게."

한두전은 상욱의 전음에도 굳이 입을 통해 종용을 했다.

그는 안찬수에게는 개인적으로 사형인 사람이다. 그리고 총지종이 대통령과 신뢰 관계가 무너지는 것을 원치 않았다. 오히려 상욱을 위해서 압박을 가해서라도 해명을 하도록 했다.

이것은 그의 입지와도 관련이 있었다.

“일개 경감에게 일련의 상황을 듣자는 것은 내사를 포기하라는 말이 아니겠습니까? 이 자리에서 결례인 줄 알지만 사직하겠습니다.”

상욱은 품에서 신분증을 꺼내 한두전에게 건네며 말을 계속했다.

“사표는 나가는 대로 제출하지요. 그리고 USB에 관해서라면 굳이 숨길 일도 없습니다. 아침에 노아미의 지인인 사람이 그 USB를 갖고 안찬수 의원에게 직접 찾아왔다고, 안 의원과 전화 통화한 것이 전부입니다.”

상욱은 오전에 안찬수와 입을 맞췄던 내용을 그대로 읊었다. 그리고 계속해서 말을 이어 갔다.

“그리고 마침 그때 한두전 지도관님에게 전화가 와 이곳으로 호출당했습니다. 더불어 USB에 대해서는 저보다 안 의원님에게 알아보시는 것이 빠를 것 같습니다. 그럼 이만 일어나 보겠습니다.”

상욱은 대통령 한민국에게 허리를 숙여 인사를 했다.

천직으로 여긴 경찰직이지만 청와대까지 불려 와 권력 앞에 내사 보고를 강요받자 오만 정이 떨어졌다.

미련이야 남았다. 윤치호를 법정에 세우지 못한 것이 마음에 걸렸다. 하지만 서일국 국회의장 사건 이후 세상을 바라

보는 눈이 달라진 상욱이다.

중국에서부터 경찰을 그만두어야 하나 고민이 있었는데 계기가 마련된 셈이다.

더욱이 일의 순서도 아버지 일이 우선이었다. 먹고사는 호구지책이야 뭘 하든 잘할 자신이 있었다.

대통령 한민국은 상욱의 사표에 얼굴색이 바뀌었고 한두전은 당황스러웠다.

"어린놈이 원종 노사와 어암서원의 비호를 받고 있다고 아주 기고만장이구나."

양진국이 일어서는 상욱을 몰아붙였다.

일어나던 자세로 상욱이 표정 없이 양진국을 바라보다 입을 열었다.

"밥이 타야 솥바닥에서 누룽지가 나오는 법입니다. 애먼 사람 붙잡고 늘어져 봐야 먼지밖에 안 나옵니다. 저랑 시비할 시간에 안 의원님 찾아가 전후 사정을 말하고 양해를 구하십시오."

"어디서 훈수질이냐? 구상유취口尙乳臭한 네놈의 주둥아리는 서까래로 막을까?"

양진국은 상욱의 입에서 USB 내용이 퍼질까 압박을 했다.

"이보게, 유성."

한민국이 엄하게 양진국을 불렀다.

그는 사표를 낸 상욱의 의중을 꿰뚫었다. USB 건에 개의

치 않겠다는 뜻이다. 굳이 상욱의 입을 통해 확답을 받으려 하니 긁어 부스럼을 만드는 격이 아닌가?

"기다려 보시게, 청담青潭. 이런 일일수록 다짐을 받아야 할 것이네. 약조를 해라."

양진국은 대통령 한민국의 아호를 부르면서까지 상욱에게 그의 의지를 관철시켰다.

"뭘 말입니까?"

"어디 가서 오늘 일 입에 담지 않겠다고."

양진국은 내공을 끌어 올려 상욱을 압박했다.

화경의 의기의형意氣意形에 보이지 않는 기가 오직 상욱만을 꽁꽁 옭아 맸다. 거기에 살기마저 스며 있어 집무실이 싸늘해졌다.

"대통령님 앞에서 이게 뭐 하는 겁니까!"

한두전이 대통령 한민국 앞을 막아서며 양진국에게 호통을 쳤다.

그는 걱정이 앞섰다. 양진국이야 명실상부한 오성의 일인으로 화경에 든 자이고, 상욱은 부사의암에서 마기를 이겨내고 화경에 이른 것을 똑똑히 봤다.

두 초인이 부딪치면 그 결과는 불 보듯 뻔했다. 청와대가 전쟁터가 될 것이다.

하지만 상욱은 이번만큼은 양진국에게서 물러설 생각이 없었다.

"예비역 장군 출신 정치인이라는 분께 한마디 올리겠습니다."

그는 피식 웃으며 고개를 좌우로 꺾었다.

으드득.

상욱을 압박하던 양진국의 의기意氣가 신기루처럼 사라졌다. 그리고…….

"지렁이는 밟히면 꿈틀거리지만 호랑이가 꼬리를 밟히면 뭅니다. 좋은 말로 할 때 그만합시다."

"좋은 말? 합시다?"

양진국은 나이 40 이후로 처음 듣는 막말에 뚜껑이 열려 버렸다. 그는 말이 끝나기 무섭게 기천氣天의 단황심공을 일으켜 또록보를 펼쳤다.

풀잎에 물기를 머금은 이슬이 뭉쳐 풀잎 끝으로 순식간에 떨어지는 형국으로, 양상국은 일어섰나 싶었는데 상욱 앞에 서 있었다.

그리고 그의 손이 벼락처럼 상욱을 찔렀다.

상욱은 양진국이 내공을 일으키자 자연스럽게 천둔갑의 내공을 끌어 올려 투명한 호신강기를 만들었다.

그의 인후를 찔러 오는 양진국의 왼손 검지는 호신강기에 가로막혀 잔잔한 수면에 돌이 떨어진 것처럼 파동을 일으켰다.

양진국이 흠칫했다. 손끝이 타는 고통이 밀려왔다.

그사이 상욱이 호신강기를 거두고 사선으로 비껴서 인후를 찔러 오는 양진국의 왼손 검지를 왼 손바닥으로 막음과 동시에 밀었다.

"억-!"

턱.

양상국이 신음을 토하며 붕 뜨더니 원래 그가 앉아 있던 소파에 털썩 주저앉았다.

두 눈을 왕방울만 하게 크게 뜬 양진국은 어이없는 표정이 되었다.

"호신강기?"

'아무리 방심했기로서니 이런 꼴이라니……. 더구나 놈이 내공을 일으키는 감각을 느끼지 못했다. 공간 통제에 문제가 있었던가?'

양진국은 의문에 기천의 내공을 운기했다.

원활한 흐름 그리고 허공으로 튕겨 소파에 내팽개쳐진 충격에 비해 몸이 말끔한 상태다.

그의 얼굴이 붉어졌다. 어린놈이 손 속에 사정을 둔 것이다.

'어린놈이 봐줬다고?'

그도 전력을 다한 공격이 아니고 방심도 했다.

'특이한 내공?'

그러나 손해 본 한 수를 돌이켜 보건데 쟁천에서 그가 모

르는 내공이 있는지 싶다. 얼굴이 굳어졌다.

"이보게, 유성!"

"괘, 괜찮습니까?"

그가 잠시 어리둥절한 사이 한민국과 한두전이 그를 보며 당황스러워했다.

쟁천을 대표하는 유성 남독두南毒頭 양진국이, 그것도 한 수에 털렸다. 비록 가벼운 한 수 교환이라지만 경악할 일이다.

"잠깐 기다려 봐라."

양진국이 두 사람을 아랑곳 않고 문을 나서는 상욱을 불러 세웠다.

그러자 문고리를 잡은 상욱이 돌아섰다.

"어디 가서 제대로 놀아 보시렵니까?"

"하도 잘났다는 말이 들려 농을 던졌더니 아주 죽자고 덤벼드는구나. 농은 여기까지만 하마, 이리 와 앉아 봐라."

양진국은 일단 상욱을 인정했다.

다만 그뿐이었다. 그의 손에 창槍을 쥐고 안 쥐고는 하늘과 땅 차이다. 때문에 상욱의 한 수를 대수롭지 않게 여겼다.

어쨌든 제깟 놈에서 제법인 놈으로 바뀌었다.

"뭐 하나? 앉게."

잠시 놀란 시선을 거둔 한두전이 상욱에게 다가가 팔을 잡고 끌었다.

상욱이 마지못해 자리에 앉자 한민국이 입을 열었다.

"일련의 일은 잊게. 유성이 자네를 떠본다는 것을 내가 말리지 않았네."

"굳이 이렇게 하실 필요가 있습니까?"

"개인적으로 자네가 쟁천에서 일을 주도할 만한 실력인가 궁금했네."

"……."

상욱은 침묵을 지켰다. 마음에도 품지 않은 쟁천은 먼 나라 이야기였다.

"쟁천의 다음 세대를 이끌 인재입니다."

한두전의 칭찬에 한민국이 릴레이를 이어받았다.

"대외적으로 어암서원에서 자네를 앞세우려 한다는 말은 들었네."

"저희 스승님께서도 그렇지만 묘성 이세창 어른께서도 각별히 여기는 사람입니다."

"그것을 알고 유성이 나섰던 것이 아닌가?"

대통령 한민국도 한마디 거들었다.

분위기가 돌연 상욱을 감싸는 분위기로 돌아섰다.

말을 들을수록 상욱은 대통령 한민국이 왜 그를 불렀는지 이해가 됐다. 그의 개인 역량보다는 주변이 워낙 껄끄러웠나 보다.

사실이 그랬다. 이제 임기 2년 차인 대통령 한민국이다.

쟁천의 5성 중 3성이 적을 두고 있는 훈몽제, 총지종, 경기 이씨 가문이 등을 돌릴 경우 정치적 입지가 좁아질 것을 우려했다.

국회의장 서일국이 밀려났다지만 경기 이씨만 해도 정치나 경제에서 막대한 영향력은 여전했다.

그 끈은 남독두 양진국과 같은 모임인 사민회思民會와도 이어져 있었다.

그러니 입을 타고 상욱에 대해 대통령과 양진국의 귀로 전해졌다.

마침 베이징에서 역대급 절도 사건마저 해결하는 데 일조했다는 외무부와 경찰청 보고까지 접했던 터라 상욱의 이번 USB 사건의 개입은 목에 걸린 생선 가시처럼 껄끄럽기만 했다.

그 물꼬를 겁박하고 어르며 텄던 것이다.

"박상욱 경감."

대통령은 관등성명을 불러 상욱의 위치를 제자리로 돌려놓았다.

"네, 듣고 있습니다."

"USB 내용을 알고 있는가?"

"직접 내용을 확인하진 않았지만 대통령님과 천지 그룹 윤재철 회장과의 비정기적 회합을 가진 스케줄이 들어 있다고만 알고 있습니다."

"그럼 오해할 소지가 다분하겠군. 난 말일세, 오직 이 나라 대한민국을 보고 살아온 사람일세. 천지 그룹 윤재철 회장?"

한민국은 잠시 말을 끊어 흥분을 가라앉혔다.

"물론 그 사람이 내 옆에서 이득을 봤네. 하지만 근본적으로 대한민국의 발전과 그가 추구하는 이윤이 맞아떨어졌기 때문일세. 일례로 신에너지 동력 문제로 난 천지에 손을 들어 주었네."

"신에너지 동력요?"

"세상이 놀랄 신에너지 개발이 눈앞에 있네. 지금까지 천지가 받은 지원은 오로지 신에너지 동력과 관련해서 뿐일세."

"제가 굳이 알아 둘 필요성이 없습니다만……."

"이보게 박 팀장, 대통령님께서는 자네에게 엄청난 기회를 주고 계시는 걸세."

한두전이 나섰다.

"그 신에너지 동력이 성공한다면 그럴 수 있겠지요. 정보가 곧 돈이니까요. 그래도 범죄에 예외가 있을 수는 없습니다."

"어쨌든 아직은 때가 아닐세. USB가 유출되면 그 안에 신에너지 동력에 대한 정보가 노출될 것이 자명하네."

상욱의 비관적인 말에 한민국이 나섰다.

"……."

그리고 침묵이 흘렀다. 그때…….

똑. 똑.

노크 소리와 함께 중년인이 들었다.

"안찬수 의원님이 왔습니다."

"모시게, 이 비서관."

한민국의 말에 중년인이 문을 열었다.

안찬수가 들어왔다.

"왔는가?"

한민국이 양손을 벌려 과하게 반겼다.

"오랜만에 뵙습니다."

같이 포옹을 하지는 않았지만 거부하지도 않는 안찬수였다.

"사람이 말이야. 뜻이 달라 갈라졌어도 의절한 것도 아닌데 나 몰라라 하는가? 자, 자, 앉게."

한민국이 안찬수의 손을 끌어 소파에 앉혔다.

"다들 아는 처지에 겉치레는 접고 본론을 이야기함세."

양진국이 안찬수를 보며 불편한 얼굴이 됐다.

"양 사형은 저만 미워하는 것 같습니다."

안찬수도 만만치 않게 쏘아붙였다.

둘은 배분이 같지만 나이 차이가 제법 나는 처지다. 양진국에게 안찬수는 아들뻘이었다. 이런 걸로 봐서 쟁천은 넓으면서도 좁은 세상이다.

"하하하, 그렇지 않네. 가까우면 농이 먼저 나가는 법일세."

한민국이 웃으며 아직까지 사무실 입구에 서 있는 이 비서관에게 손짓을 했다.

그러자 비서관이 밖으로 나가 사람을 데리고 들어왔다.

"국가과학기술자문위 조재훈 박사입니다."

50대 중반으로 보이는 대머리 사내가 들어와 인사를 했다.

"내가 찬수와 박 팀장을 부른 것은 신에너지 동력에 대해서 설명하고 윤재철 회장과 나 사이의 오해를 풀기 위해서일세. 조재훈 박사가 왜 천지 그룹이 국가 발전을 위해 동반자가 될 수밖에 없나 설명할 걸세."

한민국이 조재훈의 옆에 서서 어깨를 두드렸다.

"대통령님도 아시겠지만 개인적으로 안찬수 의원과는 호형호제하는 사이입니다. 다들 모르는 처지도 아니고 편하게 말하겠습니다. 괜찮겠지요?"

조재훈이 상욱과 안찬수를 번갈아 보며 의견을 구했다.

안찬수가 고개를 끄덕여 승낙했다.

국가과학기술자문위원회는 대통령 직속 기관이고, 불과 1년 전에 안찬수가 분당하기 전까지 대통령의 오른팔이었으니 모를 리가 없었다. 그들은 국가 발전을 위해 모인 석학들로 개인 영달을 포기하고 국가에 정신을 바친 사람들이었다.

"정치적 이권을 떠나 이야기하겠네. 천지 그룹에서 거부할 수 없는 신에너지 동력을 개발했네."

"기술적 측면은 자세히 설명해도 모릅니다. 개략적인 내용만 부탁드리겠습니다."

안찬수는 조재훈을 잘 알았다, 그의 열정도. 말이 길어지고 기술적 부분까지 설명할 기세다. 그래서 말을 끊었다.

"그럼 개략적으로 말하겠네. 자네도 알다시피 세계의 에너지 추세는 클린이네. 그래서 전력, 즉 전기가 대세로 흐르고 있네. 따라서 클린 에너지의 선두 주자인 자동차도 하이브리드에서 전기와 수소로 바뀌고 있네. 특히나 북미와 유럽 시장은 가장 민감하게 이 변화를 받아들이고 있네."

"누구나 알고 있는 사실 아닙니까?"

"하지만 아이러니하게도 전기를 생산하기 위해서 화력발전량이 상승할 수밖에 없네. 화력발전소는 대기 오염의 주범이기도 해서, 밑돌을 빼서 윗돌에 올리는 꼴이지."

"저는 이 악순환의 고리를 끊을 방법이 원자력발전이라고 몇 차례 말씀드렸습니다만."

안찬수가 한민국을 보며 말했다.

"원전은 문제가 있네."

한민국이 머리를 흔들었다.

"당연히 그렇겠죠. 대통령 공약 사항 중 하나가 원전 폐기였으니."

여기까지는 안찬수도 익히 알고 있는 일이다.

그가 대통령과 각이 틀어져 분당했지만, 불과 1년 전까지 한솥밥을 먹은 처지였다. 그 속사정을 모를 이유가 없었다.

심지어 그는 한민국이 대통령 후보였던 시절 정책 브레인 중 하나였다.

“그래서 획기적인 대체 동력이 필요했네.”

“제가 하고 싶은 말도 여기에 있습니다. 왜 하필 신에너지 동력의 개발을 맡은 곳이 천지입니까?”

“대통령 후보였던 시절이니 4년 전일세. 천지에서 설계 도면 하나를 들고 왔네.”

“전에 얼핏 들었습니다. 연료전지 스틱의 개발 아니었습니까?”

“맞네. 수소와 산소가 결합해 전기 화학반응을 일으키는 발전소라고 보면 되네.”

조재훈이 끼어들었다.

“세계 자동차 회사들이 개발하는 제품이 아닙니까?”

“어김이 없네. 그러나 천지가 당시 개발 중인 연료전지 스틱은 소형 열병합발전 시스템으로 획기적인 에너지 출력을 가졌네. 스틱 하나가 30마력의 힘을 내네. 지금은 90% 이상 완성도를 갖추었네.”

“그게 다입니까?”

“확장형 폴리테트라플루오로에틸렌이란 필름도 개발 중이네. 연료전지 스틱의 내구성을 대폭 상승시키고 영하 40도 저온에서도 시동성이 담보된 물질이네.”

“그래 봐야 자동차에 국한된 물건 아닙니까?”

안찬수는 천지에 대한 부정적인 시각을 끊을 수 없었다.

"폴리테트라플루오로에틸렌 필름은 연료전지 스틱의 내구성을 10년 이상으로 끌어 올려놨네. 즉 연료전지 스틱 세 개면 3층 빌딩의 전기를 감당할 수 있다는 말일세. 화석 사회의 마침표를 찍을 획기적인 보물이야."

조재훈은 말을 하면서도 흥분을 감추지 못했다.

"성공만 한다면 상상할 수 없는 부를 쌓겠군요."

"팔뚝만 한 막대기로 세계 최고의 부국이 될 수 있네."

안찬수의 말을 한민국이 받았다.

"그 프로젝트를 위해서 천지 그룹 회장과 개인적인 회동을 가졌고요."

"그렇네."

"그것까지는 이해하겠습니다. 하지만 왜 연료전지 스틱이 개발을 전적으로 천지에서 가져가야 하느냐 묻고 싶습니다."

"천지가 가지고 있던 설계도였네. 그리고 막말로 대한민국에서 신에너지 동력을 믿고 맡길 곳이 몇 곳이나 있겠나?"

"물론 대통령께서 추구하는 신에너지 동력 개발의 로드 맵이 대한민국에 어떤 파급을 미칠까 고려해 보면 이해합니다. 하지만 경제 구조에 파생할 커다란 문제는 어떻게 합니까?"

안찬수는 한 길만 바라보는 한민국의 식견을 안타깝게 봤다.

"대기업이 선도 역할로 한국 경제를 이끌어 가고 있는 것을 모르고 하는 말인가?"

한민국은 안찬수의 물음을 물음으로 답했다.

"핀란드의 대기업 노키아가 망하자 필란드 경제 30%가 무너졌습니다. 대기업 하나만 보기에는 대한민국의 경계가 그리 가볍지 않습니다. 지금도 100대 기업이 나라 경제의 90%를 차지하고 그 나머지인 10%를 서민들이 쪼개 먹고 있는 실정입니다."

"답답하군. 중소기업 중에 신에너지 동력 개발은 둘째 치고 핵심 기술을 이전받을 기술력이 있냐 하면 그것도 아니네."

"강소기업이란 말이 왜 나왔겠습니까? 국민에게 이익을 분배하기 위해서는 중소기업을 육성하고 기업 이익을 튼튼히 해야 하고, 그것이 나라가 사는 길입니다."

"쯧쯧, 안 의원. 결국 그대와 정치적 노선의 언쟁으로 이어지는군. 그로 인해 당이 깨진 것 아닌가? 또한 오늘 USB에 대한 일도 그 견해 차이에서 빚어졌다고 보네."

"납치란 범죄와 정치적 편견은 다른 부분입니다. 윤치호의 납치 건을 어물쩍 넘길 수는 없습니다."

안찬수는 단호하게 말했다.

"끙, USB가 들춰져 대통령과 윤재철 회장의 회합이 불거지면 신에너지 동력에 대해 발표하지 않을 수 없다. 아랍 국가 쪽에서 신에너지 동력을 용납할 것 같아? 아니, 우방이라는 미국도 결코 원하지 않는다. 텍사스에 처박아 놓고 풀지 않는 원유만 해도 중동보다 더하면 했지 못하지 않은데 말이야."

양진국이 말을 끊고 끼어들었다.

"세간에서는 지난 2년의 정부 지원으로 천지가 재계 1위로 올라섰다 합니다. 오늘 들어 보니 틀린 말도 아니군요."

"크흐흠."

양진국이 안찬수의 말이 껄끄러워 헛기침을 하고는 고개를 돌려 버렸다.

"일이란 결과가 중요하지만 과정에서도 공정성이 담보되어야 합니다. 그렇지 않으면 윤치호같이 편법으로 사회가 돌아갈 일 아닙니까?"

"그럼 안 의원 자네는 청담이 어떻게 해야 입을 다물겠나?"

양진국이 정색을 하며 단도직입적으로 물었다.

'결국 정치적 딜이란 것인가?'

상욱은 양진국의 말에 울화가 치밀었다. 그러자 옆에 앉은 안찬수가 상욱의 손을 잡았다.

"윤치호의 처벌, 신에너지 동력 사업의 중소기업 육성과 이윤 배분 두 가지입니다."

"음……."

한민국이 침음을 토하며 잠시 고민하고는 입을 열었다.

"윤치호는 자수로, 신에너지 동력은 핵심 기술의 일부를 전수받아 운용할 수 있는 중소기업이 있는 경우에 한해서 안 의원 말대로 강소기업으로 육성하겠네."

"그리고 윤치호가 노아미 씨와 남자 친구 소한솔에게 정중한 사과와 배상을 해야 합니다."

대통령과 안찬수의 대화가 마무리되는 시점에서 상욱이 나섰다.

"그 부분은 내가 처리하겠네."

대화가 타협으로 끝나자 한두전이 웃음기를 머금고 말했다.

"아무튼 박상욱 경감, 자네 대단한 사람이군."

대통령 한민국도 씁쓸한 표정으로 칭찬을 했다.

비록 오늘 일이 여기까지 와서 그가 구상한 국정 운영이 바뀌게 됐지만, 한 형사의 수사에 대한 열정만은 인정했다.

"그럼 일을 마무리하세."

양진국이 안찬수를 봤다.

"제 말대로 일이 진행될 거라 믿겠습니다."

안찬수는 양복 안쪽 호주머니에서 USB를 꺼내 한민국에게 건넸다.

"참 탈도 많은 물건일세, 허허허."

한민국이 너털웃음을 지었다.

상욱과 안찬수는 한두전과 함께 청와대 입구에 섰다.

세 사람은 한배를 탄 운명체였지만 10여 분을 걷는 동안 말이 없었다. 그러다 한두전이 먼저 입을 열었다.

"안 사제, 각자 맡은 일이니 서로 서운하게 생각지 말세."

"사형이 총지종을 위해 얼마나 열심인지 알고 있습니다. 사감 없습니다."

"자네는 그런 사람이지. 그리고 상욱 사제, 언제고 나랑 일해 보세."

"기회가 된다면야."

"오늘 참 어색하군, 밖에까지는 배웅 못 하네. 두 사제들이 벌여 놓은 일이 워낙 커서 한동안 정신이 없겠어. 들어들 가게."

한두전이 오른손을 들어 보이고는 돌아섰다.

그렇게 상욱과 안찬수 두 사람에게 긴 이틀이 마무리됐다.

명동의 한 커피숍.

소한솔은 뛰는 가슴을 가라앉히며 문을 열었다. 밝은 실내에 넓은 공간이 눈에 들어왔다.

"소한솔 씨 맞으시죠? 이리로 오십시오."

입구에 서 있던 양복 차림의 50대 후반 사내가 그를 콕 찍어 안내를 했다. 그러곤 실내 안쪽 룸의 문을 열었다.

"아미."

소한솔은 초췌한 얼굴로 앉아 있는 노아미를 보고 눈물이 핑 돌았다.

와락.

노아미가 벌떡 일어나 소한솔의 품에 안겼다.
"좋은 때군."
이철로가 포옹하고 있는 두 남녀를 보며 웃음을 지었다.
'대통령이 키울 중소기업이라…….'
그의 웃음은 깊어 갔다.

뜻하지 않는 자리에서의 일상

상욱은 본래 휴가를 찾아 훈몽제로 내려왔다.

어머니와 아버지를 찾아뵙고 인사를 올렸다. 부모님은 여전했다. 어머니의 수척한 얼굴과 아버지의 혼이 없는 상태는 그를 수심에 몰아넣었다.

그래서 그는 어제 자정부터 어머니와 아버지의 기혈을 바로잡아 주었다. 거의 개정대법 수준이었다.

"후-우."

그는 훈몽제 앞 강변으로 나와 새벽안개를 보며 깊은숨을 내쉬었다. 내공을 크게 쓴 탓이다.

그럼에도 얼굴에서 미소가 떠나지 않았다.

물론 전에도 상욱은 간간이 훈몽제를 방문할 때마다 천둔갑의 내공으로 어머니와 아버지를 돌봐 왔다.

그러다 이번 중국행과 한국 귀국 후에 얻은 카르마는 큰 도움이 됐다. 역즉성단으로 전환한 카르마는 단전을 확장하고도 차고 넘칠 지경이었다.

그 일부를 이용해 부모님의 기경팔맥을 뚫었다. 아직은 여위고 근육이 말랐지만 봄이 지나기 전에 옛 모습을 찾을 것이다.

"아직은…… 아직은."

하지만 그는 현실에 만족할 수 없었다.

아버지의 공허한 눈빛이 가슴을 짓눌렀다. 조상의 업장을 짊어진 그를 대신해 영혼을 빼앗긴 아버지다.

주먹에 힘이 들어갔다. 아버지의 영혼을 되돌리기 위해서는 어떤 일이라도 마다하지 않겠다는 의지를 칼날처럼 벼렸다.

턱. 턱. 턱.

그때 무딘 발걸음이 그를 깨웠다.

"생각이 깊구나."

훈몽제의 제주 오기남이 다가와 상욱의 어깨를 짚었다.

"백부님, 날이 찬데."

상욱이 허리를 숙여 인사했다.

"차기로 치면 네 마음에 비할까. 밤새 느꼈다. 네 기운이 산천을 덮을 지경이더구나."

"송구합니다."

"아니다, 단지 놀랄 뿐이었다. 천둔갑의 내공이 황허지경에 다 왔으니 내 눈으로 도의 끝인 천관을 볼까 설랬다. 그래서 더욱 안타깝구나."

"무슨……?"

"너도 알고 있지 않느냐, 네 아비의 혼을 되돌릴 수 없음을. 공연히 정과 성만 잃을 뿐이다."

"알고 있습니다. 그래도……."

상욱의 말을 오기남이 잘랐다.

"몇 년 전 내 사조가 귀천하시기 전 네 아비를 두고 한탄했다. 신통력이 대단한 분이 저 건너인 구천과 십지를 두루 살피고도 네 아비의 혼령을 찾을 수 없었다. 등선할 분이 업장까지 쌓았는데도, 쯔쯔쯧."

오기남이 한탄을 했다.

"구천 십지가 아니라 저승을 뒤져서라도 아버지의 혼령을 돌려놓을 것입니다."

상욱이 결연한 표정으로 말했다.

"그럴 수 있다면야……."

혼을 빼 오기가 쉬운 일이 아니다. 황허를 넘어 천관에 이르러야 가능한 행사다. 게다가 제단을 만들고 법사를 치르려면 한 해 일이다.

오기남은 고개를 흔들었다.

그러다 할 말이 떠올랐다.

"일간 방산골에 가 보거라. 황해 사숙께서 너를 보자시더구나."

"그렇지 않아도 작은 성취가 있어 찾아뵈려 했습니다."

"무진아."

오기남이 상욱의 어릴 적 이름을 부르고는 따뜻한 미소를 보냈다.

"네."

"넌 어암서원에서도 특별한 훈몽제 사람이다. 항상 비빌 언덕이 돼 주고 기댈 곳도 여기다. 애써 혼자 가려 하지 말거라."

오기남이 말하곤 돌아섰다.

고개 숙인 상욱의 입에도 미소가 걸렸다.

저녁에는 백부의 말을 좇아 방산골에 갔다.

"요란하구나."

싸리문을 열기 무섭게 황해가 토방마루 안의 방문을 열었다.

"건강해 보이십니다."

"크흠, 입만 요사해졌구나. 너도 내 나이가 되어 봐라. 한 해가 버겁다, 어느 한 놈 보약 해 오는 놈 없고."

헛기침을 하는 황해다.

상욱을 서울로 올려 보내고는 이철로에게 대추산삼을 날

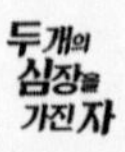

름 삼킨 그다. 뒤가 켕겨 역정을 냈다.

"어쨌든 회춘하셨습니다."

상욱이 다 알고 있다는 웃음을 지었다.

사실 이철로가 나중에 대추산삼을 내준 것이 억울해 뒷담화를 했었다.

"아무튼 경기 이씨 놈들은 주둥빼기가 풍선껌이야, 풍선껌. 그런데 네놈은 영약을 먹은 나보다 더 팽팽하구나. 이번에 중국에 갔다더니 아주 물이 올랐구나."

"작은할아버님 덕분에 작은 성취가 있었습니다."

"소성을 이뤘다는 놈 기세가 아주 하늘을 덮더구나."

황해가 투덜거렸다.

사실 어제 자정에 크게 놀란 탓이다. 훈몽제 쪽에서 발현한 기운이 방산골까지 뻗친 것이다. 여기서 훈몽제까지는 15리 길이다. 그 거리를 건너 뾰족한 기운이 뒷골을 서게 했으니 아니 놀라겠는가.

그는 단걸음에 훈몽제로 달렸다. 그 길목에서 제주이자 사질인 오기남을 만났다.

그리고 기운에 연유를 들었다.

상욱이 제 부모를 치료하고 있단다. 얼핏 내공으로만 봐서는 황허지경에 가까운 기운이다.

깨달음 없이 단전이 이리 커질 수는 없는 법.

잠시 질시가 먼지처럼 붙었지만 이내 털어 냈다. 더불어 궁금증이 백두산 천지만큼 깊었지만 아쉬움을 뒤로하고 돌아왔다.

마침 하루도 지나지 않아 상욱이 찾아왔고, 그는 못자리를 낸 다리에 진흙처럼 붙은 호기심을 떼려 했다.

"따라오너라."

황해가 노구를 일으켜 바람처럼 달렸다. 현현玄玄의 내공은 노인을 초인으로 만들었다.

두 노소가 뒷산 밤재 정상에 올라선 것은 일순간이었다.

황해가 돌아서서 상욱을 보았다.

"내 엊그제 너에게 만상을 줬는데 벌써 상상 이상을 이뤘나 보구나. 어떤 심득이 있었느냐?"

그는 직설적으로 물었다.

"보시겠습니까?"

"그러자꾸나."

황해의 말에 상욱이 발끝에 걸리는 마른나무를 툭 건드렸다.

삭정이가 빙그르 돌아 상욱의 손에 들렸다.

"그럼."

상욱이 황해에게 예를 갖추고 만상육절 중 3절인 만상도를 펼쳤다.

정면을 보며 오른발을 들고 거정세를 시작으로 칼을 점하여 적의 심장을 찌르는 점검세를 뒤로했다.

황해는 상욱을 보며 의혹이 들었다. 내공 한 점 없이 시작한 기수식과 공격 초식은 유려하고 그물망처럼 촘촘하기는 했지만 그뿐이었다.

그러나 곧 상욱의 초식이 은망세로 들어가며 황해의 눈이 커졌다.

썩은 나무에 불과한 삭정이에서 정련된 기의 발산이 터져 나오며 산 정상을 무너트릴 기세로 변했다.

우—웅.

삭정이의 끝 한 점만 남고 상욱이 사라졌다. 그 끝점이 가상의 적을 향해 폭사했다.

이 순간 상욱은 만상의 기를 타고 움직였다.

그의 공간과 가상의 적이 있던 공간이 접혔다.

퍽.

삭정이가 폭발하는 작은 소음과 함께 황해의 수염과 머리카락이 산발이 되며 폭풍과 같은 바람에 쓸려 넘어갔다.

황해가 몸을 돌려세웠다.

상욱이 황해를 지나쳐 50미터 뒤에서 모습을 드러냈다.

"허허허, 기세검과 신검합일에 이어 어검축지御劍縮地라."

황해가 허탈한 웃음을 토하며 찬탄을 했다.

중국의 팔신선 중 검선 여동빈이 이기어검으로 검을 타고 날며 심검을 펼쳤다는 전설이 있다.

지금 상욱이 그에 비견할 만했다.

황해 그가 그토록 이루고자 하는 황허지경에, 상욱이 문턱에 발을 걸쳤다.

그는 단숨에 상욱 곁으로 갔다.

"장하다. 그래 다른 만상육절은 어찌 되었느냐? 아니다, 도刀만으로 그런 경지라면 다른 것은 필요 없다."

황해가 상욱의 가슴을 토닥였다.

"아직은 갈 길이 멀었습니다."

"아니야, 지금도 너무 빨라."

상욱이 겸손히 대답하자 황해가 고개를 흔들었다.

"집에 가 할 이야기가 있구나."

그러더니 그는 한마디를 툭 던지고 산을 내려갔다.

방산골로 돌아온 황해가 상욱을 앞에 앉혔다.

"너를 보니 노파심이 일어났다."

황해의 목소리는 준엄했지만 눈빛만큼은 자애로웠다.

"새겨듣겠습니다."

상욱이 답했다.

"자고로 사람은 사람 같아야 주변과 어울리는 법이다. 그런데 너무 높은 곳에 있으면 사람이 변하기 마련이다. 즉 아는 만큼 갖고 싶은 게 많아져서 탐욕이 생겨나."

"제가 높은 경지에 이르고자 하는 것은……."

"알아, 네 아비 동건 때문이겠지."

황해가 다시 상욱의 말을 잘랐다. 그리고 계속 말을 이어

갔다.

"내 살면서 소위 천재들을 많이 봐 왔다. 그들은 두 가지 부류로 나눠지더구나. 대부분은 큰 것을 얻고 두셋을 더 갖으려고 하나, 극히 일부는 세상이 시시해져 등을 돌려 버리더구나."

"제가 그리될까 염려스러우십니까?"

상욱은 황해의 말을 진짜 노파심으로 치부했다.

"자만하지 마라. 무릇 사람의 도道란 없어도 넘쳐서도 아니 된다. 네 나이 때는 실수도 하며 원하는 것을 차근차근 이뤄 가야 한다. 그런데 넌 도의 끝자락인 천관이 지척이니 너를 말릴 사람이 누가 있겠느냐?"

"사리 분별 못 할 나이는 지났습니다."

"행하는 일이 삿되지 않을 것이라 알지만, 네 부모 일로 물의를 빚지는 말아야 하느라."

"네…… 명심하겠습니다."

상욱이 잠시 생각을 하더니 반절을 하며 답했다.

황해의 말이 틀림없었다. 근래에 들어 그는 마음이 조급해져 순리를 벗어났다.

나라의 최고 위정자인 대통령도 대수롭게 봤다. 아니, 수긍시켰다. 따져 보니 사숙조 황해의 말처럼 세상이 시시해져 있었다.

'굳이 안 만들어도 될 적을 만들었군.'

생각이 여기에 이르렀다.

"지혜를 빌리고 싶습니다."

상욱은 황해에게 가르침을 구했다. 그리고 황해로부터 연륜과 학식에서 나온, 세상을 보는 다른 눈을 얻었다.

새벽에서야 방산골을 나와 훈몽제로 돌아온 상욱은 잠시 눈을 붙였다.

잠이야 열흘 밤낮을 새워도 문제가 없다. 그래도 습관이란 것이 무서웠다.

일어나 어머니와 아침 식사 도중 TV에서 특종이 떴다.

–오늘 아침 9시 천지 그룹 윤재철 회장의 삼남 윤치호 씨가 전 여자 친구 납치를 강남 경찰서에 자수했습니다. 현장에 있는 김하나 기자를 불러 보겠습니다. 김하나 기자.

–네, 저는 강남 경찰서에 나와 있습니다. 오늘 아침…….

틱.

띠리링.

상욱은 밥상 옆에 있는 리모컨을 들고 전원 스위치를 눌러 버렸다.

"왜, 더 틀어 놓지 그러냐?"

어머니 최여진이 상욱을 보았다.

"이미 알고 있습니다. 오전 내내 저 사건만 나올 텐데요."

"그렇구나."

여진이 고개를 끄덕였다.

아들이 이미 알고 있다면 아들과 연관된 사건일 것이다. 그녀는 굳이 묻지 않았다.

상욱의 얼굴이 딱딱하게 굳었다. 다음 수순이 빤히 들여다 보였다.

오후나 되면 대통령 담화가 있을 것이다. 신에너지 동력에 대한 중소기업 육성책이 청와대 발표 형식을 빌어서 말이다.

그럼 신에너지 동력으로 모든 국민의 시선이 가게끔 되어 있다.

장장 100조에 이르는 개발비와 중소기업 육성책은 윤치호 납치 자수 사건쯤은 덮기에 충분하다.

그리고 서너 달 후, 신에너지 동력의 핵심 기술이 천지 그룹에서 나왔고 중소기업에 기술 이양을 했다는 뉴스가 나오면 추락했던 천지 그룹 이미지는 반전을 넘은 고공 행진이 예상됐다.

"돈 필요하세요?"

"얘가 무슨 뜬금없는 말이니."

"천지 그룹 주 종목인 천지전자와 천지솔라를 사 놓으세요."

상욱이 어깨를 으쓱하고는 수저를 내려놓았다.

'대통령과 만나서 얻은 것이 비린 정보라니…….'

입맛이 달아나 버렸다.

사흘 후.

특수대로 출근한 상욱의 책상에는 청와대 민정수석실 소속 특임대로의 발령 통지서가 놓여 있었다.

한두전이 운을 띄워 놓아 그런가 보다 했더니 번갯불에 콩을 볶아 놨다.

상욱은 형사들과 팀원들과 귀국 인사도 나누지 않고 곧장 대장실로 갔다.

똑똑.

노크만 하고 대답도 듣지 않고 들어갔다.

"어, 왔나?"

나한수가 엊저녁에 본 사람처럼 알은체를 했다.

"통보도 받지 못한 발령 때문에 왔습니다."

상욱이 경직된 목소리로 물었다.

"그건 둘이 이야기가 끝난 것 아니었나? 한두전 수사지도관이 자네와 소통이 있었다던데?"

"대장님, 오다가다 만난 사람이 식사하자고 하면 못 한다고 하십니까? 지나가던 말로 오라고 해서 고개를 끄덕인 것이 전부입니다. 적어도 제 의사는 물어봐야죠."

"이제 와서 물릴 일이 아니네. 그리고 청와대에 들어가려고 기를 쓰는 인간들이 수두룩인데……."

나한수가 뒷말을 아꼈다.

"그럼 저희 팀은 해체됩니까?"

"걱정 말게, 팀은 그대로 유지할 거야. 자네 자리에는 김관명을 올리고 빈자리는 채우고."

"이영철을 데려가고 싶습니다."

상욱이 나한수의 말을 끊고 뜻밖의 말을 했다.

사실 이영철은 꽤나 쓸 만한 인간이었다. 뫼한마루라는 10문 10가의 장령이란 감투는 논외로 해도 빠른 상황 판단과 무술 실력은 그와 손발이 제법 맞았다.

어차피 청와대 특임대에 갈 수밖에 없고 또 일 자체가 쟁천과 관련되어 있어 그의 사람이 절실했다.

게다가 짧은 기간 특수대 3팀과 잘 어울렸지만, 그가 각성을 하지 않았다면 여러 가지로 골치가 아팠을 것이다.

이런저런 것들을 따지자 자기 사람이 필요했다. 억지로 가는 자리라 옆자리는 그의 사람으로 채울 일이다.

"숨소리가 원한다면."

대장은 의외로 흔쾌히 허락했다.

"고맙습니다."

"그래도 끝나는 마당에 그냥 갈 수는 없지."

"저녁 시간을 비워 놓겠습니다."

"감나무골 식당에서 보자고."

나한수가 미소를 지었다.

"네."

답하는 상욱도 웃었다.

돌이켜 보건대 대장 나한수는 현명하고 위트 있는 사람이다.

1년 전 처음 발령을 받았을 때 첫 회식을 감나무골에서 했다. 요새 회식 장소가 간간이 바뀌지만 주 단골집은 그곳이다.

나한수는 대장실을 나가는 상욱을 봤다.

그가 감나무골을 회식 장소로 잡은 데는 이유가 있다. 상욱의 발령 첫 술자리에서 그는 상욱을 익명의 섬으로 만들어 놓았다. 그리고 간간이 형사들을 보냈다.

술을 먹여 취하게 만들어 본성을 보려 했는데 흐트러짐이 없었다.

그는 상욱을 '속을 알 수 없는 놈'으로 키핑해 놓았다.

1년이 지난 지금 그의 머릿속에서 상욱은 여전히 '속을 알 수 없는 놈'이다.

그는 고개를 흔들었다. 고운 정보다 미운 정이 더 많았지만 떠나보내야 할 인간이다.

'썩을, 딱 1년만 더 있었으면 좋았을 것을.'

아쉬움이 남았다.

어둠에 묻힌 밤바다가 별빛을 반사했다.

검게 솟은 섬에는 낮은 파도와 간간이 들려오는 갈매기 소리가 전부였다.

세상은 고요한 정적에 묻혔다.

쾅-!

그 정적을 깨는 폭발음과 함께 먼 서해의 바닷물이 20미터나 치솟아 올랐다.

그러길 20여 분, 어둠 속에서 두 개의 인영이 상대에게서 급격히 멀어졌다.

그들은 놀랍게도 바닷물 위에 서 있다. 능공허도와 비슷하고 일위도강을 넘어선 경지다.

"허허허."

노회한 웃음에 허탈한 감정이 묻어났다.

"갑니다."

젊은 사내의 웅장한 목소리가 노인의 웃음에 답했다.

그리고 검은 인영이 사라졌다 다른 인영 옆에 나타났다. 그가 선 자리에 가공할 힘이 몰아쳐 공간이 일그러지며 떨었다.

"무진아, 여기까지만 하자꾸나."

크지 않은 목소리였지만 힘의 요동이 씻은 듯 사라졌다.

"백부님?"

상욱은 의아한 눈을 했다.

"일단 섬으로 가자."

원종은 해면을 박차고 날았다. 몇 걸음 뛰지 않았는데 모래밭이었다. 그가 돌아섰다.

"마음에 불편한 점이 있으십니까?"

뒤따라온 상욱이 공손히 물었다.

"손발을 맞춰 부족함을 메우는 것이 비무인데, 너에게는 의미가 없는 일이니 이것은 비무가 아니구나."

"그렇지 않습니다."

"아니야, 두 달 전에 그만뒀을 일인데 내 욕심 때문에 널 잡고 있었다. 이만 쉬자."

원종은 인자한 미소를 지으며 상욱의 어깨를 두드리고는 움막으로 향했다.

상욱은 움막으로 가 가부좌를 틀고 명상에 접어든 원종을 한참을 지키다 조용히 옆자리를 차지했다.

명상은 얼마지 않아 회상으로 바뀌었다.

노아미 사건이 있고 민정수석실 특임대로 자리를 옮긴 지도 근 1년이 지났다.

그동안 많은 일이 있었다. 가화만사성이라고, 주변을 챙겼다. 두 차례 휴가를 내 전북 쌍치의 훈몽제도 내려가 부모님을 뵙고 인사를 드렸다.

삼성동 식구들도 변화가 있었다.

송면, 송만 형제들은 훈몽제로 동행해 어암서원으로 복귀했고 이철로는 본가가 있는 경기도 이천으로 내려갔다. 현재는 덕치와 삼성동에서 동거 중이다.

이철로는 보름에 한 번 참새 방앗간 지나가듯 삼성동에 찾아오지만 만나지 못할 때가 많았다.

당당과의 관계는 시간이 지나며 점점 소원해졌다. 그녀가 한국에 한 차례 방문해 밀월 데이트를 했다. 현재도 이틀꼴로 국제 통화 어플로 영상통화를 하지만 그것도 모닥불처럼 확 올라왔다가 서서히 가라앉는 중이다.

특임대 일도 고만고만했다.

부서를 옮긴 민정실 특임대는 청와대 옆 외청이라 이래라 저래라 할 사람이 없었다.

게다가 쟁천 전담이라 임무가 떨어지기 전에는 한가하다 못해 의자 등받이에 뿌리를 내릴 지경이었다.

그런 상욱이라 한가할 만도 했지만 가을걷이하는 농군처럼 바빴다.

'실혼한 아버지의 혼백을 찾기 위해.'라는 목표가 확실히 서 있는 그라 마계행을 위해 차곡차곡 준비해 나갔다.

머릿속에는 이계로 넘어갈 에블리스의 지식도 갖춰져 있었다.

문제는 마계로 넘어가기 위한 동력, 즉 마왕에 필적할 만한 카르마가 필요했다.

그래서 실혼한 아버지의 혼백을 찾아오기 위해 지난 1년간 별의별 일을 다 했다.

노아미 사건 이후 근 석 달은 칩거하다시피 했다.

중국에서 종규를 죽이며 피의 굴레로 얻은 현교와 천산파의 무공과, 노아미 건으로 죽인 릴리트의 사술을 수습했다.

그중 현교의 지존공인 건곤대나이신공과 천산파의 시조인 삼선의 무공은 가볍지 않았다. 특히나 지선 황조의 가상의 무공 공진멸은 천둔갑에 비견될 만했다.

어쨌든 상욱은 이 모든 것을 수습하고 황허의 벽을 깨기 위해 몸부림을 쳤지만 완연한 벽에 가로막혔다.

그 한계를 돌파하려고 시간이 나는 대로 전국을 돌며 10문 10가의 수장들을 찾아다녔다.

처음 몇 곳에 정중하게 배첩을 내밀고 비무를 청했지만 명성이 없으니 무명소졸 취급을 받으며 멸시를 당했다. 그들 중 몇은 상욱의 경지를 알고 있었으나 실익이 없으니 비무를 받아 줄 이유가 없었다.

이런 일이 반복되자 오기가 발동한 상욱은 정체를 숨기고 은밀히 10문 10가를 순회했다.

그리고 그들의 근거지에서 천둔갑의 내공을 개방했다. 그들 10문 10가의 주인들은 숨 막히는 무형의 압박에 호기심 내지 호승심 또는 불안감에 그의 앞에 나타났다.

상욱은 그들을 죽음 직전까지 몰고 갔다.

10문 10가의 숨겨진 비기를 이끌어 내는 데는 그만한 방법이 없었다. 그 수법이 통해서 남독두 혜성 양진국과 같은 자는 목숨을 걸고 덤벼들었다.

기천氣天의 정통을 이은 그의 또록보와 비공축지 그리고 단황구궁창법은 발군이었다.

상욱은 이런 무공의 정수를 맘껏 흡수했다.

건곤대나이신공의 수영심水影心으로 초식의 핵심을 꿰뚫어 훔쳐 냈다. 그렇게 10문 10가의 무공을 흉내 내고 파헤치다 보니 무공의 핵심에 가까워졌다. 이것들은 만상육절의 살과 뼈로 녹아들었다.

형식이 무공을 지배한다.

스무 개 가문의 무공을 접하고 그 오의에 침잠하니 황허의 경지가 어느새 창호지처럼 얇아졌다.

그러나 그에 미치지 못하는 얇은 창호지 같은 깨달음이 발목을 잡았다. 그는 역즉성단을 통해 카르마를 바꾼 내공은 넘치고도 남았지만 헛발질하는 기분이었다.

더 많은 경험이 필요했지만 오롯한 도추지경에 비견될 현경에 든 10문 10가 가문의 주인은 채 몇이 되지 않았다.

그나마 5성이라는 최고 능력자들만이 화경과 현경에 사이에 걸쳐 있을 뿐이었다. 그들 중 원종만이 현경에 이르러 있었고 오늘처럼 상욱과 월례 행사로 한 달에 한 번 비무를 가졌다.

그러다 반년 전 큰 진전을 봤다.

당시 그는 부안의 부사의암에 내려가 있었다. 황허지경이 눈앞에 놓였고 창호지나 다름없는 벽은 두 살배기 아이 앞에 놓인 계단처럼 보이면서 오르지 못하는 한계로 다가왔다.

시간이 지나면 해결될 숙제로 여겼지만 매 단계를 걸림돌 없이 올라왔던 상욱이기에 반년 넘는 시간에 조급함마저 느껴졌다.

또한 앞으로 나갈 준비가 이미 끝난 상태였다.

측정할 수 없는 카르마는 역즉성단으로 천둔갑의 내공을 무한의 경지까지 끌어 올렸다. 섭렵한 무공도 그 방대함이 걸어 다니는 무고武庫와 다르지 않았다.

게다가 마왕 에블리스의 기억으로 마왕의 권능도 있었다. 다만 이 권능의 일부는 업장과 인과율이 쌓여야 하는 문제라 무공과는 별개였다.

어쨌든 정점을 향한 노력은 우연한 계기로 빛을 발했다.

황허의 벽을 넘을 돌파구로 눈을 카르마로 돌렸다. 마왕 에블리스는 숨 쉬는 것만큼이나 카르마에 능했다.

그리고 그 권능 중에 피의 전율은 억겁을 쌓아 온 살육의 기술이었다. 따라서 기상천외한 카르마 운용 방법이 존재했다.

그는 내변산의 깊은 곳에서 알기만 했지 펼쳐 본 적이 없는 기술들을 살폈다. 손과 발 그리고 몸으로 때웠다.

그는 피의 전율에서 의외성을 찾았다.

마계는 생존을 위한 투쟁의 연속이라 기괴한 수법들이 평범할 정도로 허다했다.

폭주를 유발한 신체의 거대화, 순간 전력으로 번개를 방불케 한 이동술, 육체 자해로 신체 일부분의 파워 극대, 카르마로 피부조직의 외골격 구조 형성, 근섬유의 확장술 등 마계가 아니면 발상조차 힘든 수법이 피의 전율 안에 있었다.

이 중에 이동술과 파워 극대화 그리고 외골격 형성을 신체 변형의 임계점에 이른 수준까지 펼쳤다.

열흘 만에 상욱은 예상외의 경험을 했다.

발뒤꿈치부터 엄지발가락까지 카르마의 전달을 극대화한 지면 박력은 순간 탄력을 1천 마력까지 끌어 올렸다. 마하를 넘는 이동술에 그의 볼살이 찢겨 나갈 뻔하기도 했다.

또한 근육에 카르마를 밀어 넣어 혈행이 아닌 순수한 근력만 팽창시켜 집채만 한 바위를 공깃돌처럼 갖고 놀았다.

그뿐이 아니었다. 카르마를 집중한 피부는 외골격 구조를 다이아몬드만큼이나 단단하게 만들었다.

이 과정을 완성하며 상욱은 카르마의 실체를 파악했다.

이후 화두는 카르마의 활용에서 가시적 결과인 유형화로 넘어갔다. 밥을 먹으면서도 화장실을 가도 오직 카르마였다.

며칠이 흘러 카르마가 육안으로 보였다.

이 신기한 현상은 처음에는 연분홍빛을 발하더니 종내에

가서는 붉은 연기처럼 그의 주변 곳곳에서 나타났다.

그러나 일주일이 지나도 붉은 연기의 카르마는 다른 형태로 보이지 않았다. 이것이 한계였다.

그다음 날 역즉성단으로 카르마를 내공으로 전환했다.

세상은 달라져 있었다. 기의 천지였다.

음의 마나 카르마와 달리 기는 성긴 통로를 가졌다. 그는 순간 기라는 물속을 유영하는 물고기가 됐다. 더불어 천지운행의 이치가 기의 틀 안에 있었다.

상욱은 긴 들숨을 머금고 앞을 봤다.

그의 눈에 초점이 잡힌 곳은 10미터 밖 소나무 옆 너럭바위 위였다. 그 공간에 아지랑이와 같은 기류가 흘렀다.

인간의 눈으로는 절대 볼 수 없는 기류. 기의 통로, 그걸 보았다.

그가 기 안에 의지를 심으니 하나의 직선으로 이어진 기류가 압축되어 일점이자 통로가 되었다.

상욱은 그 통로를 따라 움직였다.

팟-.

그 자리에서 사라진 상욱이 그의 눈이 머물렀던 너럭바위 위에 나타났다.

심재형존心在形存.

심검의 끝이자 황허의 경지에 이르렀다.

"일어나자."

상욱의 귀로 원종의 말이 들렸다.

지난 1년간 있었던 일들에서 깨어났다.

상욱이 자리를 털고 일어나 바다를 보았다.

격렬비열도格列飛列島로 새벽바람을 가르며 고깃배가 오고 있었다.

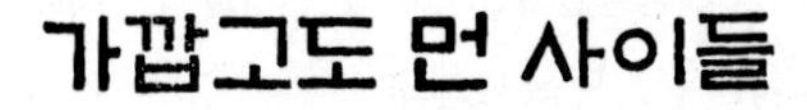

가깝고도 먼 사이들

다음 날 아침.

월요일 출근길이라 차가 많이 밀렸다.

상욱은 라디오를 틀어 놓고 〈김현지의 뉴스 쇼쇼〉를 듣고 있었다.

–이번 일본에서 일어난 후지산 주카이 숲 일명 자살 숲이란 곳에서 일어난 서른세 명의 집단 자살 사건에 이어 나리타 공항 테러 사건의 배후로 지목된 흑주교란 사이비 종교에 대해서 알아보고요. 그들이 시도한 공항 테러도 전문가를 모시고 말씀 나눠 보겠습니다.

–참, 이거, 가까운 나라라 남 일 같지 않은데요. 우선 사이비 종교의 문제점을 진단하고, 경찰에서는 테러에 대해 어떤 대응 전략을 갖고 있나 알아보겠습니다. 기독 장로교 윤리회의 김진국 목사님과 경찰청 대테

러 전담 팀의 이동욱 경정을 모셨습니다. 인사들 나누시죠.

—안녕하십니까? 김진국 목사입니다.

—네, 안녕하십니까? 이동욱입니다.

—먼저 김 목사님께 흑주교에 대해서 간략하게 설명을 먼저 부탁드리겠습니다.

—김진국 목사입니다. 흑주교는 일본의 고대와 근대 분기점에 발생한 토속신앙에서 출발했는데요. 전대 교주의 이력이 참 특이합니다.

—특이하다니요?

—일본의 전범인 생체 실험 731부대 책임자 이시히 시로가 1960년대 초에 교주로 있었습니다.

—일본 전범들은 사형당하지 않았던가요?

—수백만의 목숨을 앗아 간 전쟁에 책임은 단 7인의 목으로 끝나 버렸죠. 오늘 주제와 벗어나니 이시히 시로로 돌아가겠습니다.

—네, 말씀해 주시죠.

—흑주교를 풀이하면 어둠의 기둥과 같은 종교, 이런 말입니다. 어둠은 곧 세상이고 교주는 그 속에서 우뚝 솟아 삶에 기준을 잡아 준다는 교리죠.

—들어 보면 나쁜 종교는 아닌데요?

—사이비 종교의 특징은 교주가 신이거나 신의 아들인 경우가 많습니다. 흑주교가 그렇습니다. 교주가 신의 아들입니다.

—진짜요? 신의 아들이면 대단한 능력가겠군요.

—하하하, 설마 그걸 믿는 것은 아니겠죠?

-그러니 교도들이 몇십 명씩 자살을 하고 테러까지 자행한 것 아니겠습니까?

앵커 김현지의 묘한 비꼼이 빛나는 멘트였다.

-묘한 논리군요. 아무튼 사이비 경향이 뚜렷한 정황은 휴거 같은 종말을 지정해 놨다는 것입니다. 현재 교주의 정체도 묘한 상황이기도 합니다. 항간에는 백 살이 넘은 이시히 시로가 청년의 모습을 하고 있다는 헛소문까지 있습니다.

-그래요. 불로장생은 진시황도 못 이룬 꿈인데요. 역시 괜히 사이비가 아니군요. 일본 정부에서는 사이비 종교에 대한 대책은 없나요?

-예전에 옴진리교라고 1996년도 지하철 사린 가스 유포로…….

띠리링. 띠리링.

상욱은 갑자기 들려오는 벨 소리에 라디오를 끄고 휴대폰을 봤다.

가승희

표정 없는 얼굴로 액정을 한동안 주시했다.

인간의 잔정은 무서웠다. 비토리의 진실을 알고 있어도 이름을 바꾸지 못했다.

"오랜만이군."

휴대전화를 든 상욱이 말했다.

-주, 주인님.

비토리의 목소리는 떨렸다.

—내내 보고 싶었어요.

“용건만.”

매몰찬 말이 이어졌다.

—이 종년은 주인님이 시키신 일을 위해 지난 1년 넘게 일본에 있었지 않습니까? 칭찬 한마디라도 좋아요.

“용건만.”

반복되는 상욱의 말에 짜증이 깃들었다.

—휴우, 내리신 명을 좇아 그동안 일본에서 카르마를 쓰는 자들을 쫓았어요.

비토리는 한숨과 함께 입을 열었다.

—그중 오래전부터 주인님을 섬기던 흑주교는 이질적으로 변했습니다. 일본의 토속 종교와 맞물려 제법 기이한 교리를 갖고 있었습니다.

“그쪽 역사적 설명은 거기까지. 일본이 흑주교로 몸살을 앓고 있는 중인데 너와 관계가 되었나?”

수백 년 전의 일이지만 벨제뷰트의 기억 일부를 공유한 에블리스였다. 그 기억이 고스란히 상욱에게 전달되었다.

그래서 상욱은 흑주교의 옛 상황이 아닌 최근의 일을 듣고자 했다.

—아니에요, 안타깝게도.

“자세히.”

—초대 교주의 8대 손인 이시히 시로가 교단을 잡은 이후 150년이 흘

렀습니다. 일제의 전범이기도 한 그자는 주인님에게서 분열된 자아를 지닌 존재에 종속되어 있었어요.

비토리가 벨제뷰트의 인형술에 사로잡혔던 로포칼레를 거론했다.

"그의 이름은 로포칼레이고 각성한 마물이다. 지칭할 때는 더미Dummy라 말하라."

상욱은 사탄의 존재 로포칼레를 깎아내렸다.

1년 전 그는 비토리에게 일본에 카르마를 지닌 두 존재를 지정하고 뒤를 쫓게 했다. 그중 하나가 흑주교의 교주였다.

그리고 비토리는 세상을 여행하며 일본에 20년 정도 머문 적이 있고, 뱀파이어의 추종자 프로피어 백 명을 거느렸다.

이런 이유로 가장 가까운 곳부터 로포칼레의 잔가지를 정리하며 카르마를 모으려고 비토리를 일본으로 보낸 것이다.

—결론부터 말씀드리겠습니다. 이시히 시로를 먼발치에서 몇 번 보고 만난 것이 전부였어요. 한국과 달리 일본 프로피어 놈들은 오타쿠가 대부분이라 흑주교와 연을 만들기 어려웠고요. 더구나 이시히 시로는 도둑고양이보다 경계심이 강해 사생활이 철저하게 가려져 있어요.

"더미의 하수인치고는 경계심이 강한 자가 없는데."

—소문에 생체 실험 731부대 책임자로 있다가 전후 처리 때 미국 능력자에게 혹독하게 당했답니다.

"용케도 살아남았군."

—거래가 있었다네요.

"그 내용은 내 알 바 아니고."

–아셔야 할 것 같습니다.

"혹 당시 미국의 능력자가 아직도 이시히 시로에게 영향력을 행사하고 있나?"

–정확히 그렇습니다. 그자는 더미의 첫 번째 추종이자…….

"몰토르군."

–역시 알고 계시군요.

"말살되어야 할 잔재일 뿐이지."

자마트라가 녹으며 상욱이 에블리스의 기억을 흡수했지만 지구와 관련된 중요한 일부분뿐이었다.

그러다 종규와 릴리트의 카르마를 착취하며 중요한 정보 몇 가지를 얻었다. 그중 하나가 몰토르의 정체였다.

"그자가 일본에 들어왔나?"

–아니요. 그렇다면 이시히 시로가 일본을 시끄럽게 만들 이유가 없죠.

"다른 이유가 있다?"

–네. 이시히 시로는 정치적으로 현 정권과 유대 관계가 깊어요. 본시 흑주교는 음양료의 전신과 같은 곳이라 현 실세에 빌붙어 사는 집단입니다. 여기에 전범의 위패가 놓인 신사의 참배도 마다 않는 현 집권 아베와 내각이고 보면 그가 연대할 이유가 충분해요.

"음양료?"

–고대로부터 복술卜術과 술법에 능한 관리 집단입니다.

"그럼 아베와 부인의 사학 부정 축재와 인사 비리로 탄핵

위기에 처한 국면 전환용이다?"

-그래요. 이시히 시로가 스스로 희생양을 자청한다고 해도 일시적 교세의 축소만 있을 뿐입니다.

"결론은 일본 정부에서 이시히 시로를 보호하고 있으니 나보고 직접 오란 말인가?"

-엎어지면 코 닿을 곳이에요.

상욱은 잠시 고민에 빠졌다.

곧 총선이 다가온다.

지난 1년 동안 안찬수와 만나 많은 대화를 나누었다. 안찬수가 그리는 이상은 대한민국의 국민이라면 행복과 권리를 누리는 세상이었다.

어느 날 같이한 술자리에서의 농담마저 천부인권이었다. 그는 아리스토텔레스의 이데아를 꿈꾸는 아이 같았다.

군인과 정치인은 권력을 세습하지 않는다며, 그래서 결혼마저 포기했다는 농담이 허투루 들리지 않았다.

그 꿈이 대계로 이루어지기 위해서는 사람이 필요했다.

하지만 3선 의원으로 정당 교섭 단체권을 가진 소정당의 당 대표로 가진 역량은 말 그대로 후보에 지나지 않았다.

안찬수는 상욱이 대통령 후보자 캠프에 참여해 힘을 실어줄 것을 원했다. 경호 경비에 그만한 적임자가 없다는 이유였다.

고민에 비해 결정은 빨랐다.

“건너가지.”

–언제 오실 거예요?

“비행기 표 구하는 대로.”

–연락 기다릴게요.

상욱은 비토리의 말을 듣고 전화를 끊었다. 차는 어느새 외청 앞이었다.

사무실에 들어선 상욱은 자리에 앉자마자 서랍을 열었다.

청와대 특임대로 발령받은 날 써 두었던 사직서를 꺼내 들었다. 그리고 곧장 수사지도관실로 직행했다.

그는 노크를 하고 들어갔다.

“왔는가? 그래, 아침부터 날 다 찾아오고 어쩐 일이야.”

팀장 네 명과 같이 회의를 하던 한두전이 상욱을 보며 말했다.

“여기…….”

“이것이 무엇인가?”

한두전은 사직서를 보면서도 물었다.

“다른 뜻이 있어 그만두려 합니다.”

“참 당혹스럽군.”

씁쓸해진 한두전의 얼굴이다.

“끝나는 마당이라 편히 말하겠습니다. 지도관님도 저 부담스러웠잖습니까?”

“사람이 꼭 찔러 가며 말하나.”

"저는 아닙니다."

갑자기 1팀장 김경룡이 끼어들었다. 지난 1년 동안 특임대에서 격의 없이 대해 준 이는 그뿐이었다. 인천 북항에서 중국의 삼합회와 이철로를 몰아세울 때 인연이 있던 김경룡은 특임대에 와서도 격의 없었다.

"나는 어쩌라고, 인간아."

갑툭은 김경룡만이 아니었다. 특임대로 발령이 날 때 끌고 왔던 이영철이 발끈했다.

두 달 전 특진을 해 특임대 막내 팀장을 맡은 이영철은 뜬금없는 상욱의 사직서에 황당해 있다가 막말을 해 댔다.

"맞을래?"

"끝나는 마당이라고 말한 사람이 누군데요?"

상욱이 이영철의 말에 쓴웃음을 지었다.

사실 이영철은 쟁천의 10문 10가 일에 많은 관심을 가졌다. 그 역시 그 일원이었으니 열정이 남달랐다.

1년간 이 일에 적응했나 싶었는데, 상욱이 사표를 던지니 따라가야 할지 남을지 선택의 기로에 섰다.

"직원들 의사가 이러니 사표는 반려하도록 하지. 휴직 처리로 하고 부지도관석은 공석으로 놔두겠네."

한두전이 절충안을 제시했다.

이태 전 부안 부사의암에서 상욱이 화경을 각성한 모습을 직접 지켜본 그였다. 요즘은 간간이 스승 원종과 손 속을 나

눈다는 말도 들렸다. 그런 상욱이라 나라에 큰일이 생겼을 때 꼭 필요한 손이다. 넋 놓고 보낼 수 없는 일이었다.

"독대하고 싶습니다."

상욱은 체질에 안 맞지만 사실을 말하고 한두전을 설득시켜야 했다.

"다들 들었지? 조회는 여기까지."

한두전이 팀장들을 내보냈다.

"자, 할 말을 해 보게."

"안찬수 사형에게 가려 합니다."

"사제에게?"

"큰 그림을 그리시는 데 한 팔이라도 거들고 싶습니다."

"자네 정치에 관심이 있었던가?"

한두전은 말하면서도 고개를 갸웃거렸다.

상욱이 지금까지 정치인과 내왕한다는 말을 듣지 못했다. 그랬으면 진즉 그의 귀에 들어왔을 일이고.

"안 사형이 뜻을 이루면 어머니가 계시는 시골로 내려갈 겁니다."

"말이 쉽지, 정치와 쟁천은 늪과 같고 정년이 없는 곳이야. 그 진창에서 발을 뺀다고?"

"이미 결정한 일입니다."

"음, 통보다 이거지."

"……."

상욱이 침묵했다.

"좋네. 다만 만약에 특임대에서 감당하기 어려운 사건이 터지면 거들어야 하네?"

"제가 반대편에만 서 있지 않으면……."

"자네와 나 사이에 그럴 일이 있겠나. 그거면 됐네."

한두전의 말에는 특임대가 그의 것인 양 오만함이 있었지만, 그만한 자부심이 있다는 뜻이기도 했다.

상욱은 양해를 받는 말을 듣자 바로 일어났다. 일본행 비행기 시간이 빠듯했다.

그는 밖에 나오자마자 이영철과 김경룡에게 발목이 잡혔지만 짧은 대화가 전부였다.

비토리는 나리타 공항에 도착했다.

상욱과 아침에 통화했고 오후에 만나는 이 짧은 거리의 한국을 1년 넘게 가지 못했다니 아쉬운 감정이 밀려왔다.

아니, 미련하게 전화 한 통 못 한 스스로를 책망했다.

비행기 도착 시간이 다가오자 그 아쉬움도 일순간에 사라졌다. 차갑게 식어 버렸던 심장이 울렁거렸다.

그렇게 10분이 지났을까?

게이트를 통해 상욱이 나오자 그녀는 득달같이 달렸다.

"주인님?"

그녀는 사슴과 같은 눈망울로 품에 안기려다가 상욱 앞에서 서서 멈칫했다.
차가운 눈으로 바라보는 상욱에게 다가가기가 무서웠다.
“고생했다.”
상욱의 눈에 아픔이 스쳤다.
가승희의 모습을 풀고 본래로 돌아온 비토리였다. 얼굴과 체형은 변했지만 지닌 카르마의 본질은 원래와 다르지 않았다.
상욱은 처음 보는 비토리의 본판임에도 친숙함은 그대로였다.
그는 그대로 살짝 비토리를 안았다가 내려다봤다.
“여장을 풀어야겠다.”
“조금만 더 이대로 있으면 좋겠는데…….”
애잔한 눈으로 상욱을 보는 비토리다.
상욱은 오른손을 올려 비토리의 머리를 품 안으로 당기고 왼손으로 허리를 감았다.
“아~.”
비토리에게서 작은 탄성이 나왔다.
여자가 자궁 안에 아이를 품은 감성과 같았다. 지극히 조심스럽고 맹목적인 사랑에 취했다.
그녀는 영생을 얻은 이후로 때론 비참하기도 했지만 사탄의 품 안에서만은 이런 안식과 희열을 풍미할 수 있었다.
그 만족감은 길지 못했다. 갈 곳이 있었다.

도쿄에 입성한 차는 반 시간을 더 달리고 멈춰 섰다.

탁-.

상욱은 차 문을 닫았다.

그는 불야성이 된 긴자에 섰다. 골목 동서 좌우로 화려한 불빛에 눈이 시릴 정도다.

"주인님, 여기로……."

비토리가 먼저 차에서 내린 그를 안내했다.

카키바

굴 요리와 사케 그림이 붙은 간판을 보며 상욱은 안으로 들어갔다.

2층 홀을 지나 들어간 내실은 2인 식탁에 정갈한 굴 요리와 사케에서 김이 올라오고 있었다.

"때맞춰 오셨습니다."

30대의 요염한 여인이 자리에서 일어나 비토리에게 공손하게 인사를 했다.

"주인님, 이 바의 여사장 하나코라고, 프로피어(추종자)입니다. 한국어를 모르니 그냥 자연스럽게 말하시면 됩니다."

"만나서 반갑소."

상욱은 여인을 향해 목례를 했다.

그러자 하나코는 상욱의 한국말 뜻은 모르지만 무릎 꿇은 자세에서 허리를 숙였다. 그러고는 접시에 굴 요리를 한입씩 먹을 수 있게 놓아 식사를 거들었다.

"불편하군."

"참으세요. 하나코의 즐거움 중에 하나입니다."

비토리가 미소를 감추지 않았다.

"그보다 이곳에 온 이유가 있을 텐데?"

"이시히 시로의 장손이 하나코를 좋아합니다."

"흑주교주의 손자라……."

"흑주교에서 재정을 담당했던 자인데 지금은 종적을 감췄습니다. 하지만 이 여자에게 종종 선불 폰으로 연락을 한답니다."

"호, 이 여자가 흑주교와 연결 고리인 셈이군."

"네. 하지만 제가 흑주교의 손자에게 접근하라고 하면 반감을 갖고 돌변할지도 몰라요."

"프로피어(추종자)라며?"

"흑주교 주변을 살피다 만났고, 저를 추종한 시간도 1년에 불과해요. 충성심이 떨어져요."

"그래도 아예 먹고 놀지는 않았네."

"마냥 놀지만은 않았죠."

비토리는 가벼운 웃음을 지으며 말을 계속했다.

"참, 알아보라고 한 것은?"

상욱이 일본행 비행기를 타기 전에 지시한 내용이다.

"일본 정치인 중에서는 야당 공산당 총재 카타야마라는 자가 사이비 종교라면 질색합니다."

"카타야마?"

"네. 늙은 너구리로 불리는 자로 나이가 일흔입니다. 본시 그는 극좌파로 공산당에서도 반反요요기파로 분류된 폭력주의자이지만 국익에 대해서는 철저한 자입니다. 때에 따라서는 연립 여당 공명당 아베와 총리와도 손을 잡을 수 있습니다."

"흥미로운 자군. 그가 사이비 종교를 싫어하는 이유는?"

"그의 어머니가 남묘호렌게교에 빠져 가출해 부모가 이혼한 이력이 있거든요. 그래서 이번 흑주교 사태에 공명당의 손을 들어 주고 있어요."

"그 정도면 판을 뒤엎을 만해. 다른 특이할 점은?"

"카타야마의 어머니가 조총련 계열이라는 소문이 있습니다. 한국말을 못 해도 듣기는 한답니다."

"그래."

상욱은 고개를 끄덕이고는 사케 잔을 들고는 눈을 감았다.

탁.

그리고 그는 한참 만에 술잔을 탁자에 내려놓았다.

"좋아, 좋군."

술이 좋은 것인지 잠시 빠졌던 모사의 꼬리가 연결되어 좋은 것인지 모호한 말이었다.

"달리 복안이라도?"

"복안은 무슨, 순리만 따르면 돼."

말하는 상욱의 입꼬리가 올라갔다.

"주인님이 그리 말씀하시니 지켜볼 수밖에요."

비토리도 따라 웃었다.

"이야기는 먹고 하자고. 자, 한잔 따라 봐."

상욱이 술잔을 내밀었다.

자리는 길어졌다. 상욱이나 비토리나 음식과 술에 특별한 의미가 없었지만 여흥을 즐겼다.

시간이 지나며 옆에 있던 하나코가 한 잔씩 받아 마신 술이 불콰하니 올라와 약간의 주사를 부렸다.

"제가요, 사람보다 이 굴을 좋아한답니다. 부드럽고 때로는 지근거리기도 하지만 아무리 먹고 봐도 질리지 않아요. 그런데 사람은 말이죠, 금방 질리게 해요. 물고기처럼 자라났다가 소멸해 버리죠. 물론 굴처럼 바위에 붙어 단단한 삶을 사는 특별한 존재는 다르지만요."

그녀는 비토리에게 술을 따르며 개똥철학을 지껄였다. 그녀는 상욱이 일본 말을 한마디도 내뱉지 않아 아예 모른다고 생각했다.

상욱은 꿔다 놓은 보릿자루 신세인 셈이다.

"저는 당신과 같이 될 수 없나요?"

그녀가 비토리에게 계속 말을 하며 술을 따랐는데 유독 작은 사케 잔이라 술이 넘쳤다.
비토리의 눈썹이 올라가며 찡그려진 얼굴로 상욱을 봤다.
"추종이 아니라 미쳤군."
상욱이 피식 웃으며 하나코의 혼혈을 눌렀다. 그리고 쓰러지는 하나코를 부축해 눕혔다.
"왜?"
비토리가 물었다.
"베풀어야 받지."
상욱이 답하며 양손으로 하나코의 전신을 눌렀다.
우드득. 우드득.
얼굴부터 발끝까지 206개의 뼈가 틀어졌다가 맞춰졌다. 그리고 배와 가슴 부위에 천둔갑의 내공을 밀어 넣어 불수의근을 잡아 줬다.
그의 내공은 여기에서 끝나지 않고 오장육부에 침투해 독소를 끌어냈다.

다음 날 아침.
하나코는 몹시 꼬인 배를 잡고 일어났다.
숙취로 지끈거려야 할 머리는 개운했다. 아니, 태어나 이런 적이 있었나 싶었다. 다만 배 속이 요동쳐 화장실이 급했다.
어제 기억으론 취기를 느낄 정도로 마신 것도 아니었는데 필름이 끊겼다.

수치심이 밀려왔지만 그 일은 화장실 다음이었다.

서둘러 내실 화장실로 갔다. 좌변기에 앉기 무섭게 쏟아냈다. 10분이 지나도 배설과 그 욕구가 끝나지 않아 세 번이나 물을 내렸다.

그러다 놀라 대변을 보니 먹물처럼 검었다.

털컥 겁이 났지만 여전히 살금살금 아파 오는 배는 어쩔 수 없었다. 다시 10분이 지났다.

가뿐해진 아랫배를 만지며 약간 땀에 젖은 이마를 훔친 그녀는 세안을 하려고 세면대에 섰다.

"어-? 오~."

그녀는 20대 초반처럼 바뀐 얼굴에 깜짝 놀랐다.

"프후- 푸우."

클렌징 폼을 쓸 겨를도 없이 비누로 화장을 지웠다. 수건으로 물기만 닦은 그녀는 다시 거울을 봤다.

술장사로 올라온 옅은 기미를 화장으로 포장한 전날의 얼굴이 아니었다.

잡티 없는 백옥 같은 피부가 드러났다.

눈가와 코에서 입꼬리로 내려오는 주름 선은 10대에도 없던 팽팽함을 유지했다. 더구나 부드러워진 볼 선을 양손으로 만지는데 흡족하기 그지없었다.

절로 웃음이 머금어지는데 보조개가 우물처럼 들어갔다.

이게 끝일까 서둘러 몸매를 확인했다.

겉으로 드러난 가슴골은 더 깊었다. 급히 샤워 부스에 들어서 보니 늘어난 뱃살은 온데간데없고 처녀 때 몸으로 돌아와 있었다.

그녀는 굴처럼 변한 자신을 보며 눈물이 글썽여졌다.

"이대로 늙고 싶지 않아."

추악한 욕망이라는 것을 알면서도 버릴 수 없었다.

그녀는 황홀한 기분을 떨치지 못하고 샤워를 마치고 나왔다. 그리고 곧장 핸드폰을 들었다.

착신이 되기 무섭게 하나코는 제 할 말부터 했다.

"비토리 님, 너무너무 감사해요."

커피숍에 앉아 전화를 받은 비토리는 모닝커피를 마시고 있는 상욱을 보았다.

상욱은 고개를 끄덕였다. 어제 비토리에게 내린 명령대로 이끌란 뜻이다.

"세상이 달라졌지?"

—네, 어제와 오늘이 달라요. 저는 이제 영원한 삶을 얻었나요? 혹시 다른 사람의 피를 먹어야 되나요?

하나코는 평소 그녀답지 않게 호들갑을 떨었다.

"내가 널 흡혈귀 따위로 만들어 얻을 이익이 있을까? 대신 그 젊음이 몇십 년은 계속해 늙지 않을 수 있지."

—제, 제가 어떻게 해야 하죠?

"전화로 계속 대화를 해야 하나?"

–어머, 죄송해요. 이런 중요한 일은 얼굴을 마주하며 했어야 하는데. 어디세요?

"길 건너 커피숍에 있어."

–그 가게 알아요. 바로 내려가겠습니다.

10분도 되지 않아 하나코가 커피숍에 왔다.

그녀는 고개를 둘레둘레해 비토리를 찾았다.

"여기–."

구석 자리에 있던 비토리가 손을 들었다.

손님들의 시선이 비토리와 하나코를 향했다.

어제였다면 고개를 숙였을 하나코였지만 민낯의 그녀는 당당했다. 고개를 치켜들고 비토리에게 다가갔다. 약간은 도도한 걸음에서 자신감이 넘쳐흘렀다.

그녀는 비토리와 상욱에게 정중히 인사를 했다.

"그레–잇. 오늘따라 보기 좋네."

그녀가 의자에 앉자 비토리가 엄지를 추켜세웠다.

"전에도 이런 자신감을 갖고 살 걸 그랬어요. 아니, 제가 이렇게 굴처럼 단단해진 것이 비토리 님 때문이죠."

"하지만 젊음은 영원하지 않지."

"그, 그렇군요."

하나코의 목소리가 작아졌다.

"아예 길이 없는 것은 아니고."

"정말요?"

"하나코 하기 나름인데……."

비토리가 말을 아꼈다.

"제가 뭘 어떻게 해야 하죠?"

하나코는 안달이 났다.

비토리는 그런 하나코의 눈을 싸늘하게 봤다.

안타깝고 안쓰러웠다. 하나코가 그녀의 프로피어가 된 것은 1년에 지나지 않지만 제법 많은 소통이 있었다.

그래서 그녀는 누구보다 눈앞의 이 여자를 잘 알았다.

허영심과 삶에 대한 불확실성이 젊은 하나코의 인생을 망쳤다.

수년 전 이 여자는 긴자에서 1%에 해당하는 게이샤였다.

특이하게 하나코는 게이샤 전문학교가 아닌 도쿄대학교까지 졸업한 재원이기도 했다.

하지만 하나코의 가난한 가정사로 돈이 그녀의 인생을 지배해 버렸다.

첫 순정을 스폰을 자처한 미스비스상사 전무이사에게 3백만 엔에 팔아야 했다. 그 후로 5년을 스폰을 받았지만 20대를 넘기자 카키바를 사 주고 떠나갔다.

고급 게이샤였던 그녀는, 돈은 남은 생을 쓸 만큼 모았다.

그러자 그녀는 자신이 버려진 이유가 젊음을 잃었기 때문이라 생각했다. 그때부터 젊음에 대한 미혹에 빠져 흑주교를 기웃거렸다.

그때 교주 이시히 시로의 장손 이시히 니와가 접근했다.

남녀상열지사가 끝이 좋을 리 없었다. 특히나 니와가 유부남이었으니 그 뒤는 물을 필요가 없었다.

이후로도 남녀의 속궁합을 못 잊은 니와가 쭉 찝쩍거렸다.

어쨌든 이 일로 하나코는 흑주교에도 발을 들여놓지 못했다. 그러다 우연히 비토리를 만났고 추종자가 되었다.

그런 하나코의 사정을 속속들이 알게 된 비토리라 동병상련의 정을 느꼈다.

하지만 뱀파이어의 진혈로 만들기에 하나코는 그저 평범한 인간에 불과했다.

"A poor thing(가련한 것)."

비토리가 중얼거렸다.

"예?"

"아니다. 네가 젊음을 유지하려면 꼭 필요한 물건이 있는데……."

"물건요?"

"그런 게 있어. 네가 알 수도, 알 필요도 없는 것이야."

"혹시 알아요? 제가 아는 물건일지."

"흥, 아서라."

"그래도 빨리 말씀해 보세요."

"뭐 이야기해도 상관은 없겠네. 호박령虎縛囹이라고, 붉고 둥근 바윗돌이야. 전설로는 대아시아 제국 정벌 전쟁 때 한국을 침략해 도요토미 히데요시에게 진상한 보물이지."

"어? 그거 본 적이 있는 것 같아요."

하나코는 확실한 기억이 나지 않아 고민에 빠졌다.

"신령한 힘이 깃들어 있어서 사람이 보면 그 돌에서 눈을 뗄 수가 없다고 하던데."

비토리가 힌트를 줬다.

"앗, 그래요. 흑, 흑주교에서 봤습니다."

하나코의 목소리가 올라갔다가 주변을 살피며 흑주교를 언급했다. 평소라면 흑주교 일이라 경계심을 가질 그녀였지만 젊음에 대한 유혹과 비토리의 말에 빠져 의심을 접었다.

"흑주교?"

"네, 흑주교요."

"그곳 요 며칠 시끄러웠잖아?"

"그렇기는 했어요."

"흐흠……. 호박령이 남아 있을까? 경찰들이 흑주교를 치러 갔을 때 아무도 없다고 뉴스에 나왔는데."

비토리가 잠시 생각하는 척하다 말했다.

"제가 흑주교의 꽤 높은 사람과 연락이 돼요."

"니와인가 니빤가 그 작자야?"

"일방적인 전화예요."

비토리의 언성이 높아지자 하나코의 목소리가 기어들어 갔다.

"난 하나코와 그런 자가 엮이는 것 자체가 싫어. 혹 그자 이름과 전화번호로 뒤를 캘 사람은 없어?"

"그냥 경찰에 신고하면 안 될까요?"

"그자를 경찰이 놓치면 영원히 꽁꽁 숨어 버릴걸."

"어어, 한 사람이 있기는 한데……. 하지만……."

하나코가 말을 끊고 망설였다.

"어디 가세욧!"

갑자기 상욱이 일어나자 비토리도 따라 일어났다.

"하나코, 너에게 삶의 축복을 주신 분이 여기 주인님이시다."

"네? 비토리 님에게 주인님이시라고요? 젊음도요?"

"주인님이 너에게 믿음을 심어 줬는데 배신을 하는구나. 우리의 인연은 여기까지인가 보다."

비토리가 냉정하게 말하고 문을 향했다.

"아닙니다, 제 말부터 들어 주세요."

하나코가 비토리 앞에 서더니 양팔을 벌려 앞을 가로막았다. 그녀는 필사적이었다.

"일단 그녀의 말을 듣지."

상욱이 다시 자리에 앉았다.

그리고 하나코는 그날 어려웠던 어린 시절부터 그녀가 기녀가 되고 첫사랑의 순정에 현재도 목을 걸고 있는 사연을 말했다.

미스비스상사 사장실.

고바야시 게이츠는 서류 결재를 하다 진동하는 휴대폰에 당혹스러운 표정이 지었다.

사업상 필요악인 사람들의 명단을 따로 모아 차명폰에 저장해 두었다. 등록된 사람은 열 명에 불과하지만 그의 인생에 큰 걸림돌이 될 가능성이 많은 사람들이다.

즉 사용 후 서비스가 필요한 걸림돌이었다.

그래서 이 폰은 문자로 송수신뿐 아니라 수, 발신도 되지 않는 2G 폰이다. 화가 나서 받을 것까지 고려해 수신 버튼이 부재중으로 넘어가는 전화기였다.

따라서 모든 전화는 부재중 전화로, 오직 그가 나중에 연락하는 형태를 취했다. 그런 이유로 두 번 이상 벨이 울리는 경우가 극히 드물었다.

상대편도 이런 사실을 알고 있기 때문이다.

그런데 계속 전화가 울렸다.

그는 서랍을 열고 낡은 폰을 끄집어냈다.

'하나코 사이토?'

회색 액정에 검은 잉크처럼 이름이 번져 있었다. 통화 버튼을 눌렀다. 전화가 꺼졌다. 짜증과 함께 액정처럼 아련함이 번졌다.

'3백만 엔짜리.'

그는 사업상 필요에 의해 크지도 적지도 않은 돈으로 하나코의 처녀성을 샀고 처음으로 스폰이란 것을 했다.

그도 처음이고 여자도 처녀이었으니 숙맥끼리 만났다.

하지만 그가 하나코의 머리를 얹어 줬고, 스폰을 하는 동안 암묵적 계약에 의해 하나코는 기루에서만큼은 그의 부속물이었다.

그가 기루에 가면 어떤 누구와 같이 있어도 자리를 끊고 그의 품에 안겼다.

그렇게 5년이 지났다.

그는 사장에 가까워지자 30대가 되어 가는 하나코가 부담스러웠다. 시간이 지나자 애교는 잔소리 같았다.

결국 사장이 된 직후 긴자의 금싸라기 같은 노른자위에 바를 하나 차려 줬다.

입을 다물라는 뜻이었다. 또한 그가 쓴 물건을 다른 놈이 건든다고 생각하니 자존심이 허락하지 않았다.

하나코의 돈과 독립은 그의 적당한 적선과 오만함으로 출발했다.

그리고 가끔 그의 뒤처리를 하는 놈에게 하나코를 살폈다. 종교 문제를 빼고는 하자가 없는 인생이라는 보고를 받았다.

그렇게 통화한 것이 마지막이었다.

'그게 1년 전이던가?'

다시 돌이켜 보니 짜증 났다.

'돈이 아니면 청탁일 텐데…….'

하지만 아련하게 풋풋한 그 젊음과 요사한 몸이 떠올랐다.

그것도 잠시였다. 뱃살이 나오고 식상해져 버린 몸이 떠오르자 가운데 토막이 쪼그라들었다. 오직 짜증만 남았다.

그는 서류를 넘기며 휴대폰에 대한 생각은 접어 버렸다.

다음 날 점심시간.

고바야시는 본사 건물이 있는 지요다 구의 일본식 라멘집으로 향했다. 어제 간부들과 회식으로 지친 위를 크림라멘으로 달래려고 했다.

2백 미터 떨어진 라멘집은 벌써 대기표를 뽑아 든 손님들이 줄을 서서 장사진을 이뤘다.

“이봐, 카이리 전무?”

고바야시는 앞서가던 직장 동료가 멈춰 서서 뒤처지자 주의를 줬다.

“자네들은 먼저 가서 예약석을 봐 놓게. 사장님, 이리로.”

카이리가 간부 일행을 보내고 멀어지자 라면집에 줄을 서 있는 여자를 향해 손짓을 했다.

“하나코 사이토 양 아닙니까?”

“뭔 소린가?”

고바야시는 눈살을 찌푸렸다. 행렬엔 젊은 사람뿐이었다.

그러자 카이리가 재차 손짓을 했고 그 끝을 따라갔다.

고바야시는 가슴이 철렁 내려앉았다. 하나코와 너무나 닮은 젊은 여자가 외국 여자와 같이 서 있었다.

하지만 이내 고개를 흔들었다. 청초함과 완숙미까지 겸비한 여자는 하나코와 닮았을 뿐이다.

“사람하고는. 가세.”

그는 카이리의 등을 툭 치고는 미련을 버렸다.

“아닌데…….”

카이리는 얼굴을 오른쪽으로 숙였다. 좀 더 자세히 들여다보려 했다.

그는 고바야시의 사람이다.

대리 시절부터 전무인 지금까지 줄곧 고바야시 밑에 있었다. 그런 그라 하나코를 6년을 봤다.

막 하나코인가 확인을 하는데 젊은 여자의 눈꼬리가 내려가며 미소를 짓는다.

“어? 하나코 양 맞네!”

카이리가 목소리를 높였다.

고바야시가 가던 길을 멈추자 하나코가 배꼽인사를 했다.

“오랜만입니다, 고바야시 게이츠 님.”

“그, 그래.”

고바야시는 당황했다.

‘하나코가 이리 예뻤던가?’

20대 청년 때 순정이 피어났다.

자세히 보니 이목구비는 그대로고 잡티 없는 피부와 살이 빠졌을 뿐이다. 다만 20대 빈유가 아닌 풍만한 가슴과 잘록한 허리 그리고 충실한 허리 라인이 사람을 달리 보이게 했다.

그리고 설레었다.

"크흠, 나중에 전화하겠네."

고바야시는 헛기침을 하고는 서둘러 자리를 피했다. 왠지 하나코에게 내심을 들킨 것 같았다.

하나코는 고바야시의 뒤를 한참을 봤다.

"그가 좋은가? 나이 먹은 중년인일 뿐인데."

비토리는 고개를 흔들었다.

"저의 순결을 가진 분입니다. 그리고 지금 제가 존재하게 해 준 분이기도 하고요."

"젊음을 원하는 이유가 저 사내 때문이야?"

"반은요."

"나머지 반은?"

"비밀이에요."

하나코가 미소 지으며 말했다.

'나머지도 그를 위한 것이에요.'

그녀의 속마음은 그랬다.

'나도 별반 다르지 않구나. 후-우.'

옆에서 상욱 바라기 비토리 역시 한숨을 내쉬었다.

그날 저녁.

고바야시는 나신의 하나코를 품고 있었다. 그는 하나코의 가슴을 더듬었다.

오랜만의 외유다.

미스비스의 사장이 된 이후로 그는 여자를 멀리했다. 상처喪妻도 큰 이유 중 하나였고 보면 이 여자를 안방으로 데려가고 싶은 마음까지 들었다.

오늘 그에게 하나코는 유독 빛났다. 처음 하나코를 안았을 때 느꼈던 처녀성보다 격한 감정을 느꼈다.

"으음."

하나코가 기분 좋은 신음을 토하며 고바야시의 어깨에 손을 얹었다.

고바야시는 하나코의 머리를 쓰다듬으며 내려다봤다.

'어찌 이리 변했는지.'

맑은 피부와 청초한 얼굴 그리고 요염한 몸매를 갖기 위해 얼마나 노력을 했을지 그려졌다.

그리고 그녀가 그를 찾아 준 것에 대해 감사했다. 더불어 한동안 미안한 감정이 들었다.

"주무셔야죠."

하나코가 뒤척이다가 상체를 일으키며 물었다.

"늦었어. 가 봐야 돼."

"집에는?"

"집사람이 죽은 이후로 대학 다니는 딸아이가 이것저것 챙

겨서 말이지."

"이 시간에요?"

벽걸이의 전자시계가 2시를 가리키고 있었다.

"응. 그리고 필요한 것 있으면 이걸 써."

고바야시는 지갑에서 카드를 꺼내 줬다.

"됐어요, 저도 충분히 버는걸요. 다만, 아, 아니에요."

"따로 할 말이 있나?"

"그냥……."

"격의 없이 말해. 이제는 너를 떠나지 않을 테니까."

"정, 정말이죠?"

"그래, 자주 찾을게. 홀아비가 좋아하는 여자를 만나는 것이 흠이 될까?"

고바야시가 하나코를 안으며 말했다.

"가신다며요. 일어나세요."

하나코가 먼저 일어나 나이트가운을 걸쳤다. 그리고 방의 장롱에서 속옷을 꺼내 고바야시에게 건넸다.

"몇 년 전 것을 아직도 갖고 있었군."

"언제 오실지 몰라서 몇 달에 한 번씩 세탁해 놨어요."

"흐음."

고바야시는 약간 감동해서 하나코를 품었다가 아래로 내려다봤다. 어색하면서도 슬픈 눈으로 그를 올려다보는 하나코가 들어왔다.

"무슨 일이 있구나?"

"큰일은 아니에요."

"말해 봐."

"여자 혼자 장사하는 게 쉬운 일은 아니에요."

"남자 문제인가?"

고바야시의 눈빛이 일그러졌다.

"제 쪽이 아니라 상대방이 문제예요."

"어떤 놈이……."

이제 와서 그가 하나코의 남자라 주장하려니 말이 끊겼다.

"걱정 마세요. 혹여 오해할까 봐 드리는 말씀일 뿐입니다."

하나코가 애써 웃음을 지어 보였다.

"아니, 내가 딱 부러지게 처리하지. 그자의 명함이 있나?"

"제가 알아서 해도 되는데……."

하나코는 마지못해 일어나서 서랍 안에 있던 명함첩에서 명함을 꺼내 줬다.

고바야시는 명함을 받아 들고 한참을 들여다보고는 주먹을 꽉 쥐었다.

흑주재단 재무이사 이시히 나와

그는 명함 주인의 이름을 눈에 각인했다. 그리고 방을 나섰다.

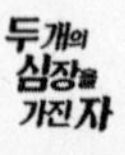

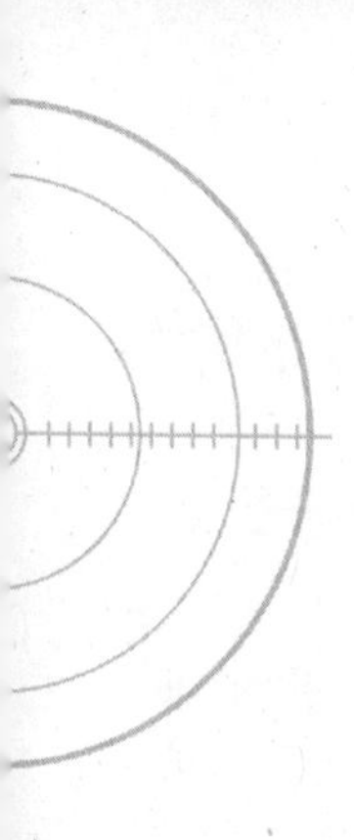

노동의 대가

요코하마.

멀리 사가미강江을 눈앞에 두고 다미 구릉 위에 위치한 흑주교의 본당은 한 폭의 그림이다. 거기다 앞으로는 희미하게나마 후지산 정상이 보였다.

얼핏 보기에는 편안한 자리였다.

하지만 움푹 들어간 분지에, 건물들과 굳게 닫힌 대문은 을씨년스러웠다.

여기에 폴리스 라인마저 쳐 있어 으스스하기가 딱 사람 몇 죽어 나간 범죄 현장 같았다.

상욱은 도쿄에서 1시간 거리의 요코하마에 내려와 있었다.

요코하마의 명물인 아이스크림을 입에 물고 흑주교 앞에서 주변을 살폈다.

입구 맞은편에 주차되어 있는 경찰차가 흑주교 입구를 통제했다.

그가 대문 가까이 가자 경찰차 문이 열리고 경찰 둘이 내렸다.

"이곳에 볼일이 있는 것이오?"

두 경찰관 중 젊은 경찰관이 물었다.

"강코쿠진, 픽쳐."

상욱은 그가 한국 관광객이라는 말과 휴대폰으로 후지산을 찍는 흉내를 냈다.

그러자 두 경찰관은 피식 웃으며 돌아섰다.

경계의 시선이 멀어지자 상욱은 흑주교를 관찰했다.

흑주교 본당은 풍수지리에 역행한 전형적인 악지에 속했다. 본래 땅의 정기가 물을 만나면 끊긴다는 풍수의 속설상 물길이 굽는 이런 자리 뒤에는 음택(무덤)이든 양택(집)이든 짓지 않는다.

분명 일본도 풍수지리를 본다.

중국 당 태종 때 강소성 한산사의 괴승 습득이 일본으로 건너가 풍수지리를 전했다. 몇 곳의 사찰은 대복길지에 위치해 있는 것만 봐도 알 수 있다.

아니, 일제강점기 동안 조선 천지 용혈에 쇠 말뚝을 처박은 일본 놈이니 풍수를 모를 리가 없다.

그런 대흉지에, 그것도 대문을 서향으로 내놨으니 음기가 끓어 넘쳤다.

하지만 상욱은 여느 때보다 기분이 좋았다.

"아늑하군요."

비토리가 옆으로 와 미소를 지었다. 가득 찬 카르가 그녀를 흥분시키고 있었다.

"있기만 해도 포만감이 드는 곳이야."

"그렇기는 한데, 햇빛이 너무 강하게 들어서 저는 다시 차로 가 봐야겠어요."

비토리가 선글라스에 오른손을 올리며 말했다. 오후 석양빛이 너무 강렬하기는 했다.

상욱이 턱 끝을 위아래로 움직였다.

비토리가 차로 가자 상욱은 흑주교 본당이 있는 분지를 돌았다. 3미터 높이의 담으로 인해 내부의 건물만 삐죽 보였다.

그것만으로도 상욱은 충분했다.

본당 내부의 공기의 유동만으로 공간을 재구성했다. 그의 머릿속으로 건물들이 들어서고 공간이 확장됐다. 시각이 마치 3D 입체 안경을 쓰고 평면도를 보는 느낌이 들었다.

공간지각 인지능력이 그렇게 만들었다.

흑주교 본당 외벽을 한 바퀴를 돌자 제집만큼이나 익숙해졌다. 내부는 마땅히 들어가서 확인해야 하니 낮에 할 일은 끝났다.

그는 소풍 전날 신이 난 아이처럼 비토리의 차로 향했다.

주머니에 든 회갈색 구슬을 오른손으로 꽉 쥐었다. 그 구슬은 부르르 진동을 했다.

저녁은 금방이었다.

흑주교 본당을 끼고 도는 도로는 황량했다.

외곽인 탓도 있지만 분지 위로는 주택이나 건물이 없었고 흑주교마저 나리타 공항 테러 사건의 배후로 지목되면서 폐쇄 조치된 상황이라 가로등마저 꺼 버렸다.

흑주교는 어둠 속에 괴물이 웅크리고 있는 형국이다.

그 담을 상욱과 비토리가 넘었다.

탁.

계단을 딛듯 가볍게 넘은 둘은 중앙 건물로 향했다. 곧바로 둘은 그 건물 앞에 섰다.

3층의 흰 기와로 된 중앙 건물은 오사카성을 모방한 건축물이었다.

"잠깐 기다려 봐."

상욱은 쇠사슬로 출입자를 막은 1층 현관문으로 다가가며 카르를 끌어 올렸다.

그의 눈이 붉어지며 뱀파이어릭이 활성화됐다. 그러자 그의 시야로 출입구부터 빛의 파동이 일어났다.

무수한 손자국이 문의 손잡이와 창에 드러났고 통로에는

발자국이 비쳤다. 또한 출입구 상단에는 경보 시스템이 작동되어 붉은 적외선이 외부를 향해 쏘아졌다.

"귀찮군."

"2층으로 올라가야 할 것 같습니다."

비토리 역시 붉어진 눈에서 광망이 피어오르고 있었다.

"그냥 들어간다."

상욱이 카르를 외투처럼 두르며 비토리를 감쌌다.

그 상태로 움직이자 적외선은 그와 비토리를 투과했고, 현관문을 막은 쇠사슬에 채워진 열쇠 안쪽의 구슬이 밀려들어가 '탁' 소리를 내며 열렸다.

촤르르륵.

툭.

그리고 쇠사슬은 똬리를 푼 뱀처럼 늘어져 바닥에 떨어졌다.

끼이익.

오랫동안 닫혔던 문은 그가 걸음을 딛는 만큼 물러나더니 크게 젖혀져 열렸다.

휘이잉.

닫힌 실내에 공기가 유입되며 바람이 일었다.

교회 예배당 같은 실내가 상욱의 눈에 들어왔다. 그는 머뭇거림 없이 예배당 안쪽 회랑을 따라갔다.

예배당과 달리 회랑의 바닥에는 몇 개의 발자국만이 보였기 때문이다.

흑주교가 종적을 감췄지만 돌아올 것을 대비해 예배당 내부를 깨끗이 청소하고 떠난 모양이다. 그 후 일본 경찰들이 압수 수색을 하며 남긴 몇 개의 흔적이 전부였다.

회랑을 두 번 꺾어 돌자 안쪽으로 막다른 방이 나왔다.

문은 열려 있었다.

어두운 공간은 난장판이었다. 책상의 서랍은 죄다 열렸고 책장의 책은 끄집어져 실려 나가고 없었다.

무엇 하나 제자리에 있지 않았다. 심지어 바닥의 카펫마저 들춰져 있었다.

"싹 쓸어 가 버렸네요."

사방을 둘러보던 비토리가 말했다.

"아니."

상욱은 천장을 올려다봤다. 3미터 높이에 형광등만 덜렁 있었다.

비토리가 얼굴을 갸웃거렸다. 뱀파이어릭으로 본 형광등은 사람의 손길이 타지 않은 그대로였다.

스르르륵.

그때 상욱이 중력을 거슬러 허공으로 올랐다. 그리고 형광등을 눈높이에 두고 멈춰 섰다.

탁. 탁.

그는 형광등의 초크를 돌렸다.

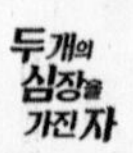

웅-웅.

진동과 함께 천장의 한쪽이 열리며 철제 계단이 내려왔다.

"어떻게 알았어요?"

비토리가 물었다.

"1층과 2층 사이의 공간이 상당한 차이가 나. 필시 밀실이 있을 거라고 짐작했지. 올라가자고."

둘은 말을 주고받으며 계단을 올랐다.

천장 위는 사방 1.5미터 통로로 높이가 낮았다. 머리와 허리를 굽히고 걸어야만 했다.

10여 미터를 가자 통로가 꺾이며 막다른 곳에 이르렀다. 그곳에 쪽문이 있었다.

쿵. 쿵.

상욱이 주먹으로 두드리자 견고한 벽이 둔탁한 소리를 냈다.

"무슨 문을 콘크리트로 만들어 놨냐."

그가 쓴웃음을 지며 혼잣말을 했다.

"30센티미터 이상 같아요."

"힘 좀 써야겠네."

상욱이 비토리의 말에 뒤돌아보며 웃었다. 그리고 카르마를 일으켰다.

그의 오른팔이 죠셉 판의 늑대 발처럼 변형되더니 손톱이 30센티미터나 자랐다. 그 끝에 회갈색 강기가 자리했다.

푹.

손톱을 마치 스티로폼에 송곳을 넣듯 찌르고 사과를 깎는 과도처럼 콘크리트를 썰었다.

퍽-.

쿵.

사각으로 도려낸 콘크리트 벽을 상욱이 왼손으로 밀자 넘어갔다. 그 사이로 흑주교란 명칭에 어울리지 않게 밝은 빛이 쏟아졌다.

상욱과 비토리는 통로를 빠져나와 허리를 폈다.

2미터 높이에 10평 남짓한 공간에 LED 등이 밀실을 밝혔다. 천장에는 팬이 돌며 미지근한 바람을 내보냈는데 이것이 항온 항습을 유지하는 모양이다.

휘-이.

상욱이 휘파람을 불었다.

사면의 장식장을 보며 감탄이 절로 났다. 그를 중심으로 정면에는 일본 쇼군의 복장 갑옷이 T 자형 막대에 걸려 있고 뒤로는 일본도 다섯 자루가 검대에서 짝을 이뤄 요사한 빛을 토해 냈다.

오른쪽 장식장은 두루마리 형태의 족자가 칸칸이 쌓여 있고 고려청자와 백자 십여 점이 광채를 발했다.

또 왼쪽은 책장으로 고서 수백 권이 꽂혀 있다. 그 가운데 공간에 유일하게 양장본 책이 놓여 있었다.

다른 것은 놔두고 상욱은 그 책을 집어 들었다.

흑주일람黑柱一覽

책의 제목이었다.

상욱은 그 자리에 앉아 책에 나열된 글을 빠르게 읽어 내려갔다.

"흑주교와 관련된 책인가요?"

비토리가 흥미가 동해 옆으로 바짝 붙었다. 그러다 곧 관심에서 멀어졌는지 오른쪽 장식장 쪽으로 가 두루마리 족자를 폈다.

'수월관음도?'

그녀는 눈을 가늘게 뜨고 관세음보살이 그려진 족자를 유심히 살폈다. 그리고 다른 족자를 폈다.

족자 안의 그림을 감상하다가 위에 쓰인 한자를 읽었다.

"조선왕실행차도!"

일제강점기 때 수탈된 국보급 문화재였다.

가승희로 변신해 있던 그녀라 한국 역사 속에 기억될 만한 문화재 몇 점은 알고 있었다. 그런 물건이 진열되어 있어 손이 바쁘게 움직였다.

족자를 하나하나 꺼내 보고 도자기도 살폈다.

비토리와 달리 상욱은 흑주일람에 푹 빠져들었다. 별 기대

없이 떠들었던 첫 장부터 그의 흥미를 잔뜩 끌게 만들었다.

흑주교의 유래와 역사 그리고 그들의 이능 슈[呪]에 대해서 기술되어 있었다.

전혀 뜻밖으로 흑주교는 음양사陰陽師 그 자체에서 출발을 했다.

기록의 내용은 이랬다.

본래 일본 음양사의 유래는 아스카시대로 올라갔다.

텐무 천황 4년(신라계 군인 김군일로 추정)에 음양료를 설치하고 4등관제에서 장관에 해당하는 온묘노카미[陰陽頭] 이하 여러 행정관을 두었다.

그들은 천문, 음양, 역, 누각의 각각 박사와 그 밑으로 음양사와 수습행이 자리를 차지했다.

즉 음양사는 관직명이었다.

따라서 음양사는 정권을 차지한 쇼군에 빌붙을 수밖에 없었다.

이때 음양사의 조종祖宗이랄 수 있는 아베노 세이메이가 등장했다.

그리고 10세기 헤이안 시대 중반부터는 아베노 가문이 온전히 온묘노카미를 역임하며 온묘료[陰陽僚]를 독점했다.

이후로 여러 천황과 막부가 번갈아 가며 권력을 잡을 때마다 음양료가 개입한 정황을 적나라하게 기록했다.

그만큼 음양사의 주류主流인 아베노 가문의 이야기는 흥미를 끌었다.

그 뒤로는 음양사의 암흑기 에도막부부터 일제강점기까지 짤막한 기술이 짜깁기 형태로 서술되었다.

직역과 의역을 통해 700년 역사를 같이한 음양료의 신사神祠와 일본 정치집단의 흥망과 명치유신明治維新 이후 슈의 종통인 아베노 가문의 몰락은 눈여겨볼 만했다.

제3자의 눈으로 본 흑주교의 근, 현대 비사는 기생충의 투쟁사였다.

아베노 가문을 700년이 넘은 세월을 섬겨 온 세 종복인 요약妖藥, 목련木蓮, 미호美狐 가문이 있었다.

이들 중 요약 가문만 18세기 초 음양사의 탈을 벗고 민간 신앙 단체인 흑주교로 변신에 성공했다.

100년 후 명치유신으로 막부가 힘을 잃고 천황 복위가 추진되자 흑주교는 천황파에 빌붙었다.

그때부터 아베노 가문은 서서히 정기를 잃어 갔다.

이후 흑주교의 부흥은 이시히 시로의 등장으로부터 시작했다.

양면불兩面佛로 대변되는 음양사 아베노 가문의 몰락의 길은 이시히 시로의 역작이었다.

그는 목련과 미호 가문을 수중에 넣고 아베노 가문의 음양사를 하나씩 제거해 나갔다.

여기에는 이시히 시로의 역량도 컸지만, 정권을 잡은 가문들과의 유대 관계가 흑주교의 큰 힘이 되었다.

결국 이시히 시로는 40년 전에 아베노 가문의 가주를 살해하고 양면불의 슈를 습득했다. 이로써 700년 아베노 가문의 말살을 고했다.

다만 흑주일람에는 이시히 시로가 아베노 다이시라는 아베노 가문의 인물 한 명을 놓쳤고, 지금도 쫓고 있다고 기술해 놨다.

"흠, 아베노 다이시라……."

상욱이 그 이름을 뇌까렸다.

흑주교의 멸망을 누구보다 원하고 흑주교에 대해서 속속들이 알 만한 이름이 아베노 다이시일 것이다.

상욱은 다시 책으로 시선을 돌렸다.

흑주교의 역사 뒤로 음양사의 술법을 펼치기 위해 슈를 모으는 단련법과 전개할 여러 가지 수법이 적혀 있었다.

'음양사의 비급이라…….'

상욱은 슈의 진체와 근원 그리고 술법을 차례로 확인했다.

뉴우시키신켄켄무[入式神見幻夢].

-아베노 가문에 양면불이란 이름을 지어 준 신의 꿈이라는 최고의 슈.

켄세이신시[現成眞姿].

-음양사가 적을 지정된 장소로 소환하는 술법.

켄몬데이이 가쿠가쿠코로코로 카이쥬카 켄슈츠쟈코 큐로 큐로니요리츠료우.

–슈에 걸린 보물 호로병에 적을 빨아들여 혼을 말살해 종으로 만드는 주문.

카이신켄[開心眼] 센켄키[變見鬼].

–슈의 근원을 이용한 투명화 주문.

후우마[風魔] 텐키[天氣].

–각종 마귀의 기운을 빌어 물리력을 적을 물리치는 술법.

쟈콘쇼코메츠[邪魂消滅].

–만월의 정기를 품은 슈로 적의 술법을 깨고 충격을 주는 주문.

만족하고 흥미로운 부분이 있었다. 슈에 관한 음양사의 술법 운행에 관한 내용이었다.

상단전을 개방하고 뇌력腦力을 이용한 술법은 마계의 흑마법과 유사하면서도 이질적이었다.

그 내용들을 속속히 들여다봤다.

탁.

상욱이 흑주일람을 덮었다.

"이시히 시로를 찾을 단서가 나왔어요?"

비토리는 상욱의 옆에서 상욱이 책을 다 읽을 때까지 묵묵히 곁을 지켰다.

그녀도 책 내용이 궁금하기는 했다. 하지만 일본어는 들은 풍월로 대화하는 수준이고 읽지는 못했다.

당연히 궁금한 표정으로 상욱을 봤다.

"두 가지 단서가 나왔지. 하나는 흑주교의 근본이 음양사에서 출발했고, 다른 하나는 흑주교를 누구보다 잘 아는 적이 있다는 것이야."

"음양사? 술법자란 그 음양사 맞아요?"

비토리가 미심쩍은 표정으로 물었다.

"그래."

"흑주교의 적은 또 누구예요?"

"아베노 다이시란 자다. 음양사의 본류인 아베노 가문의 후예라는데."

상욱이 흑주일람을 보며 툭툭 쳤다.

"그 사람을 찾는다고 달라질 것이 있어요? 그냥 하나코가 흑주교의 손자 이시히 니와를 찾는 것이 더 빠르지 않을까요?"

"적의 적은 친구까지는 아니어도 공동 목표는 될 수 있지. 어떤 인간이 쉬운 길일지는 만나 봐야 알겠지."

상욱은 보았던 흑주일람을 제자리에 놓으며 말했다.

흑주교의 보물은 상욱의 흥미를 유발했지만 흑주일람의 가치는 그에게 천에 하나에 불과했다.

그리고 그는 오늘 오후 흑주교 본당을 둘러보다가 목적이 바뀌었다. 풍수지리를 역행해 흉지에 지은 흑주교 본당은 한국에서는 찾아볼 수 없는 요기를 가졌다.

지난 1년간 상욱은 이런 요기나 마기를 찾아다녔고 또 필요로 했다. 릴리트의 마법인 '공간창출'을 위해서 반드시 갖춰야 할 것이 강력한 요기였다.

그는 카르마를 끌어 올려 요사한 기의 흐름을 찾았다. 주변에 넓게 퍼진 음사한 기운을 걷어 내고 근원을 향해 접근해 갔다.

퉁. 퉁.

밀실의 정면에 있는 다섯 자루의 검이 검대에서 들썩이며 그의 카르마를 밀어냈다.

"호, 제법."

상욱이 앞으로 다가가 제일 위쪽의 검을 잡았다. 그와 동시 붉은 빛이 상욱을 감쌌다.

찌릿한 감각과 함께 무수한 흰나비가 방 안을 장악하고 날갯짓을 하며 가루를 뿌렸다.

"환술?"

상욱이 흠칫했다.

공간을 장악한 나비들이 분비한 가루는 신경독이었다. 호흡에 힘이 들어갔다.

독 역시 음습한 카르마의 일종이다. 그에게 이런 가루는 스테로이드와 다를 바 없었다.

검붉게 얼굴이 달아오르며 약간의 현기증이 가시자 힘이 치솟았다.

상욱이 양손을 흔들어 건곤대나이의 중태허重泰虛로 나비를 한곳으로 몰았다. 촘촘한 카르마의 그물은 나비를 감쌌다.

"호오."

하지만 곧 그의 입에서 탄성이 터졌다. 그물 사이로 나비들이 빠져나와 날갯짓을 할 때마다 분화되었다.

그러자 그물 안의 나비 개체는 줄어들고 다시 밀실 안의 나비 수는 증가했다.

"술법!"

상욱의 뇌리에 흑주일람에 기록된 술법 하나가 떠올랐다.

음양사의 슈 중에 위력이 상당한 입식신견환몽入式神見幻夢이다. 막상 슈를 직접 겪고 보니 무시할 만한 수준이 아니었다.

여기에 흑주일람을 보란 듯 진열해 놓은 것은 이 술법으로 함정을 만든 자가 대단한 자부심을 갖고 있음을 보여 줬다.

그러자 상욱은 슈의 함정에서 보이는 알량한 자부심을 짓뭉개 버리고 싶은 마음이 울컥 솟았다. 아니, 그렇게 만들어 버렸다.

"핫."

쿵.

기합과 함께 진각을 밟았다.

우르르.

상욱을 중심으로 건물이 진동하며 주술로 만들어진 나비들이 먼지로 산화했다. 이 단순해 보이는 동작이 흑주교가 만든 회심의 함정을 깨 버렸다.

"후우-."

숨을 내쉬었다. 보이는 것과 달리 상욱은 순간 큰 힘을 썼다.

기합에는 마왕 에블리스의 권능인 하울링을 심어 슈의 근간을 흔들고 진각은 카르마를 잔뜩 방사해 앞쪽 벽에 내진을 일으켰다.

푸스스.

그 결과 앞을 막은 검과 벽이 가루가 돼 허물어졌다.

탱-.

"가지."

상욱이 손에 든 일본도를 내던지고 비토리를 보며 말했다.

비토리는 뿌옇게 일어나는 먼지에 코를 손으로 막고 고개만 끄덕였다.

둘이 들어선 벽 안쪽은 괴이한 구조의 공간이었다.

바닥에는 사방 5미터의 평평한 붉은 바윗돌만 달랑 하나 놓였고 3층 높이의 공간은 아래는 좁고 위로는 넓었다.

"피라미드를 거꾸로 세우면 이러겠네. 아무튼 흐음……

고향에 온 기분이네요."

비토리가 숨겨진 공간의 좌우상하를 살피며 약간 들뜬 목소리로 말했다.

"좋군. 여기에 온 보람이 있어."

상욱 역시 만족스러운 표정으로 동조했다. 그리고 훌쩍 뛰어 붉은 바위 위에 섰다.

그는 품에서 회갈색 구슬을 꺼냈다.

"그것은?"

뒤따라 선 비토리가 의아한 표정을 지었다.

"볼 거야?"

상욱이 선뜻 구슬을 넘겼다.

"조, 조셉 판!"

비토리의 눈이 커졌다.

기억에도 먹먹한 오래전에 친절했던 존재가 구슬 안에 혼백이 봉인되어 울부짖었다.

"아는 놈이었어?"

"릴리트는 어떻게 됐나요?"

비토리는 별다른 감정 없이 상욱에게 되물었다.

"여기에 있지."

상욱은 그의 가슴을 툭툭 쳤다.

"그래요."

예상과 달리 비토리는 초롱초롱한 눈으로 상욱을 올려다

본 것이 전부였다.

'내가 그래도 주인님한테는 특별한 거야. 옛정이 있다지만 지금 주인님은 각성을 해서 나 같은 인간 외의 존재들은 다 똑같은데도 아직까지 살뜰히 대해 주잖아.'

비토리에게 상욱은 무엇보다 특별했다. 1년 전 그녀가 내쳐졌다는 기억은 까맣게 타 버린 지 오래다.

"여기 있어요. 그런데 구슬은 왜 꺼냈어요?"

비토리는 상욱에게 구슬을 돌려주며 호기심을 드러냈다.

"공간창출을 해 보려고."

"공간창출! 혹 릴리트가 마법 지팡이를 꺼내는 뭐 그런 것 맞죠?"

"그래, 그 마녀를 잘 아나 보군. 벌써 1년이나 흘렀네. 혼몽의 틈새란 이매술을 알았는데 강력한 사기邪氣가 필요했어. 마침 그 조건을 갖춘 흑주교 본당이 눈에 들어왔고."

"아- 그래서 어제 오후에 기분이 좋으셨구나."

"흑주교주 이시히 시로란 자가 이런 좋은 기회를 주네."

상욱은 아이가 길을 걷다가 1만 원짜리 지폐를 주운 기분이 되었다. 그는 좌우를 둘러보고는 오른발을 축으로 빙그르 돌았다.

그의 오른손에서 나온 기가 공간을 격하고 원을 그렸다.

상욱은 원에서 한 발 물러나 확인을 하고 똑같은 방식으로 삼각형과 역삼각형을 그려 육망성을 만들었다.

비토리는 처음 보는 광경에 흥미를 보였다.

시간이 지날수록 상욱의 집중력은 최고조로 올랐다. 별의 꼭짓점에는 공간을 뜻하는 마녀들의 언어를 빼곡히 채웠고 마지막에 이르러서 구슬을 육망성의 중앙에 놓았다.

마치 준비된 사수가 사선에서 총을 겨누고 발사 명령이 떨어지자 곧장 사격을 개시하는 모양새와 다를 바 없었다.

그만큼 일련의 행동은 산에서 계곡으로 흐르는 물처럼 자연스러웠다.

"거의 다 됐군."

허리를 펴고 일어나는 상욱의 얼굴에 흡족함이 드러났다.

탁. 탁.

먼지도 묻지 않은 손을 턴 상욱이 카르마를 끌어 올려 주문을 외웠다.

"Berbalik Berbalik Bumi berubah menjadi surga, siang dan malam berubah. Berikan jiwamu dan memiliki ruang."

주문과 의식에 따라 상욱의 육체에서 나온 카르마가 검은 기류로 변해 육망성을 덮었다.

화―악.

갑자기 보라색 광망이 터지고 검붉은 바위가 먼지로 변했다.

그 위에 있던 상욱이 천천히 내려와 섰다.

곧 광망이 줄어들어 손바닥 안에서 사그라졌다.

"좋군."

상욱이 흡족한 미소를 띠었다.

"어떻게 됐어요?"

비토리가 다가와 물었다.

"어쩌긴, 성공했지. 이제 좀 더 살기 편해졌다고 해야 하나?"

상욱이 중얼거리며 그의 손안에 있는 공간을 가늠해 봤다.

컨테이너 박스 정도의 크기였다.

운용 자체도 마녀의 이매술과 조셉 판의 영혼이 카르마를 기반으로 하고 있다. 즉 상욱의 심장을 뛰게 하는 전기적 작용이 지속하는 한 이 공간 영역은 상욱에게 영원히 종속되었다.

그가 죽지 않는 이상 이 공간은 영원히 그의 소유였다.

상욱은 미련 없이 돌아서서 밀실로 돌아왔다.

그 안에 있는 수월도 등 한국의 국보급 보물을 비롯한 이시히 시로의 컬렉션과 흑주일람을 손바닥 안의 공간에 채워 넣었다.

두 사람이 흑주교 밖으로 나왔을 때는 해가 중천에 떠 있었다.

"출출하군."

상욱이 하늘을 올려다보며 말했다.

"요코하마 바닷가에서 회는 어떠세요?"

"원숭이들이나 먹는 방사능 회 따위는 싫어, 저녁에 사람도 만나야 하고. 도쿄로 돌아가는 길에 간단히 요기하자고."

"일본에 아는 사람이 있었어요?"

"아니, 만들어야지."

상욱이 비토리에게 웃음 지으며 차 문을 열었다.

그날 늦은 저녁.

상욱은 조총련 사무실이 있는 도쿄 지요다 구의 한 커피숍에 있었다.

상욱은 맞은편의 50대 중년인을 바라봤다.

중년인은 그를 조총련 산하단체인 재일본조선청년동맹 사무처장 이상문이라 소개했다.

짙은 눈썹에 넓은 하관이 꽤나 인상적인 사내는 걸걸한 목소리였다.

"한국에서 이름 있는 형사라 들었소."

"형사였습니다, 얼마 전까지."

"한국 정부에 몸담았던 것은 틀림없잖소. 어쨌든 강인한 선생의 은혜를 갚을 길이 생겼군. 원하는 것이?"

이상문은 거만스럽게 말하며 연신 발을 까닥까닥 떨었다.

상욱의 입에 엷은 웃음기를 머금었다.

'어딜 가나 사람은 똑같군.'

그가 일본행을 결정한 후 어머니와 강인한에게 인사를 드

렸다.

길면 한 달을 혹은 두 달 예정이라 어머니를 비롯해 주변 어른들에게 말씀드리지 않을 수 없었다.

그때 강인한이 혹시 법이 통하지 않는 거친 일을 만나면 도움을 청하라며 전화번호와 이름을 적어 준 사람이 특이하게도 조총련의 이상문이었다.

그런 자가 강인한의 이름을 빌어 은혜 운운할 정도면 목숨값일 텐데도 뭐라도 하나 더 얻으려고 상전 행세다.

또 말이 좋아 재일본조선청년동맹이지 김일성 이후 일본인 납북 사건으로 흔들린 조총련과 그 산하단체는 재단이 아닌 집단으로 변질된 상태였다.

즉 조직 폭력배와 별반 다르지 않았다.

"입이 무거운 사람을 몇 쓰고 싶습니다."

"우리 쪽 애들이야 쿠미(야쿠자)보다 입이 무겁지. 몇이나 필요한가?"

이상문은 말을 놓았다.

"3백만 엔입니다. 일단 머리 잘 돌아가고 발 빠른 사람 여섯이면 됩니다."

상욱이 봉투를 내밀었다.

"무슨 일을 하려고?"

"어차피 저 일본 떠나면 볼 일 없습니다. 나중에 알아보십시오."

"크흠, 뭐 비밀이라면야. 그런데 일단이라…… 부탁할 일이 더 있는 듯한데?"

"언제가 될지 혹은 없던 일이 될지 모르지만 나중에 일이 잘 풀리면 카타야마와 다리를 놓아 주십시오."

"공산당의 그 카타야마?"

이상문의 눈이 커졌다.

조총련이 일본 공산당과 연을 끊은 지 오래였지만 개인적인 만남까지는 아니었다.

그 역시 카타야마와 인연을 중요시했고 조총련의 중요 인사들에게 카타야마는 정치적으로 큰 동아줄이었다.

"맞습니다."

"흐음, 이걸로는 안 되겠는데."

이상문이 상욱 쪽으로 봉투를 밀었다.

"이 일이 제대로 끝나면 카타야마의 정치적 입지가 달라질 겁니다. 그때 그의 옆에서 콩고물에 대해 말해 보죠."

"확실한 무엇이 있구먼. 그렇다고 해도 안 되는 것은 안 될 일일세."

이상문이 고개를 흔들었다.

"강인한 선생님이 사람을 잘못 알려 주셨나 봅니다."

어쭙잖은 밀당에 짜증이 난 상욱이 봉투를 집고 일어났다.

"에헤-. 사람 성질하고는. 앉아 보시게."

이상문이 급히 따라 일어나며 상욱의 팔을 잡았다.

"정치적 입지라……."

상욱이 말없이 자리에 다시 앉자 이상문은 다리를 더 심하게 떨었다.

"그 말 책임질 수 있겠나?"

"흡족하지 못하면 이 봉투에 두 배를 더 얹겠습니다."

"두 배라……."

이상문이 잠시 뜸을 들였다. 3백만 엔이면 적은 돈이 아니다. 일 하나 처리하고 한화로 3천만 원이니 짭짤하다.

게다가 보험으로 6백만 엔이라면 강인한의 부탁이 아니어도 나설 일이다.

"이건 제 연락처입니다."

상욱은 이상문의 마음을 읽고 이름과 전화번호만 적힌 명함을 건넸다.

"사람은 언제까지 보내면 되겠는가?"

이상문이 상욱을 한 차례 힐끔 보더니 물었다. 그도 염치는 있었다.

"가능한 한 빠른 시간 내에 부탁드립니다."

"내일 아침까지 연락을 주겠네."

이상문은 말이 끝나기 무섭게 일어났다. 그리고 불쑥 오른손을 내밀어 악수를 청했다.

상욱이 말없이 손을 잡았다.

"내래 사업 잘하는 일꾼으로 보내겠음메."

이상문이 북한 말로 말했다. 속을 텄다는 뜻이다. 그러곤 일없다는 표정으로 커피숍을 떠났다.

상욱은 남은 차를 들고 커피숍을 나섰다. 그러자 기다렸다는 듯이 그 옆으로 승용차가 섰다.

그가 차에 탔다.

"잘 끝나셨어요?"

운전석에서 비토리가 물었다.

"내일 만나 봐야 알겠지."

"그럼 오면서 말씀하신 대로 인터컨티넨털 호텔로 가요?"

"짬을 내서 즐겨 보자고."

상욱이 비토리를 보며 웃었다.

"호텔 프렌치 레스토랑이 끝내줘요. 36층에서 요요기 공원과 도쿄 황궁까지 앉아서 만찬과 관광을 즐길 수 있어요."

"일단 가자, 모처럼의 해외여행이고 밤은 길어."

상욱은 가벼운 농담을 던졌다.

차돌석은 재일교포 4세로 일본에서 게이오 대학을 나온 재원이었다.

하지만 능력은 있지만 출신 성분의 편견과 차별 때문에 중소기업 몇 군데를 전전하다 사표를 던져 버리기 일수였다.

소위 일본 사회에 적응하지 못한 아웃사이더였다.

그러던 중 지인의 소개로 조총련에 가입해 청년 동맹에서

10년째 자위대장으로 있었다.

회사원도 건달도 아닌 반거충이지만 나름 조선인을 위해 일한다는 자부심을 가졌다.

그런 그가 어제저녁 이상문 사무처장의 호출을 받은 이후로 기분이 영 아니었다.

밑도 끝도 없이 남한 사람을 며칠 도우라는 말이 불만이었다. 전화번호와 이름만 달랑 적힌 메모지라 더욱 그랬다.

"이제 본부로 자리를 옮겨야 하나?"

그는 심각해졌다.

청년동맹의 일은 대부분 스물일곱 살까지만 한다. 그와 같이 자위대를 맡고 있는 몇몇 보직을 제외하면 말이다.

이제 나이를 먹었다고 머리가 굵어지니 앞뒤를 쟀다.

청년동맹의 일에 의문을 가지기 시작하면 조직에 충성도가 떨어지고 회의를 갖기 마련이다.

이러면 보통 자리를 내놓고 조총련 본부로 이동을 했다.

"대장님."

그를 부르는 말에 그는 생각을 떨치고 고개를 들었다. 범강장달 같은 청년 다섯이 그만 바라보고 있었다.

"다 모였군."

"무슨 생각을 그렇게 하십니까?"

청년들을 대표해 다시 안영수가 물었다.

"별일 아니다."

다른 녀석과 달리 안영수와는 나이 차이가 나지 않는다. 안영수를 빤히 봤다.

'진즉에 자리를 내줬어야 할 일을.'

속으로 끌탕을 찬 그는 청년들을 다시 훑어봤다. 머리 좋고 발 빠른 놈을 추리다 보니 자위대에서 일류인 놈들만 모였다.

'이놈들이면 후지산도 옮긴다.'

주먹과 어깨에 힘이 들어갔다.

"사람을 하나 만날 것이다. 남쪽 인물이고 공작 쪽 일을 진행할 것 같다."

"남한 말입니까? 그리고 같다면 어떤 일인지 모른다는 말씀입니까?"

안영수가 의문을 표했다.

"우리가 언제 앞뒤 보며 일했나? 그리고 안영수."

잠시 말을 멈춘 차돌석의 눈빛이 표범같이 변했다.

"죄송합니다."

안영수가 곧바로 사과했다.

조총련의 일에 대해서만큼은 말과 행동에서 의문이 없는 사람이 차돌석이다.

"이번 일을 끝으로 자위대는 네가 책임자다."

차돌석의 뜻밖의 말에 안영수가 굳었다. 자위대를 떠나겠다는 의지를 비친 것이다.

꿀꺽.

안영수 목젖이 크게 움직였다.

"동행은 할 것이다. 그리고……."

띠리리리. 띠리리리.

갑작스러운 휴대폰 벨 소리에 차돌석은 말을 끊었다.

"네, 사무처장님."

-약속 장소가 정해졌다. 내일 오전 10시에 시부야에 들꽃이란 커피숍으로 가 봐.

"들꽃 말입니까?"

-내가 자네랑 가끔 들르는 곳이지.

"네, 알겠습니다."

띠.

이상문은 제 할 말만 하고 전화를 끊어 버렸다.

차돌석의 어금니가 꽉 깨물어졌다. 내일 만나기로 한 자에 대한 선입견은 불만이었다.

다음 날 오전.

상욱이 만난 재일본조선청년동맹의 사람들의 첫인상은 굶주린 늑대 무리였다.

그와 비슷한 나이 대의 팀장 차돌석을 중심으로 여섯 사내는 먹이 사냥이라도 할 기세였다. 다들 눈이 번질번질했다.

"만나서 반갑소. 나 차돌석이오."

차돌석이 불쑥 손을 내밀어 상욱에게 악수를 청했다. 작지 않은 체구인 그도 상욱을 올려다봐야 했다.

"박상욱입니다."

상욱이 손을 맞잡았다. 그 순간 차돌석의 악력이 손에 전달됐다. 제법인 것이 내공까지 깃들어 있었다.

담담히 웃으며 상욱은 차돌석에게서 손을 뗐다.

"저에게 힘 쓰라고 차 형을 부른 것 아닙니다. 일단 앉아서 이야기합시다."

"덩치에 맞지 않게 말이 비단결이오."

차돌석은 상욱이 사내 같아 마음에 들었다. 어제의 불만이 조금은 가라앉았다. 그는 고개를 돌려 안영수에게 끄덕였다.

그의 무리가 의자를 꺼내 앉았다. 마치 우두머리의 명령에 복종하는 늑대 무리와 같았다.

상욱은 흡족한 표정을 지었다. 상하 위계가 꽉 잡힌 집단이다.

"원하는 것이 뭐요?"

"사람을 하나 찾고 싶습니다."

"고작 사람 하나 찾는 데 우리를 쓴다?"

상욱의 말에 차돌석이 거부감을 드러냈다.

"아베노 세이메이라고 알고 있습니까?"

"일본 만화 주인공 이름이구먼."

"고대에 유명한 음양사이기도 합니다."

"원숭이들의 전설일 뿐이오."

차돌석은 여전히 시큰둥했다.

"흐음, 이야기를 본론으로 돌아와 말하겠습니다."

상욱이 잠시 고민하고는 속마음을 털어놨다.

"내가 쫓는 사람은 흑주교의 교주요."

"흑주교주!"

차돌석 눈이 커졌다.

"그렇소. 개인적으로 그와 만날 일이 있는데 주카이 숲 33인 자살 건과 나리타 공항 테러 사건으로 행방이 묘연하오."

"두 가지를 묻겠소. 찾는 자가 이시히 시로요?"

"그는 내가 찾소."

"그럼 그자와 친분이라도 있어 도우려는 것이오?"

"악연에 가깝다고 봐야 하나?"

상욱은 혼잣말을 하듯 했다.

"그럼 됐소. 내가 좋은 일을 하는 인간은 아니지만 그런 놈 뒤까지는 봐주기 싫소. 그럼 찾는 사람이 누군지 알려 주시오."

"본명은 아베노 다이시고, 나이는 예순 살 정도로 알고 있소. 물론 사는 곳은 모르오."

"모래사장 어디서 잃어버렸는지 모를 실 반지를 찾으란 말이오?"

"단서가 아예 없는 것은 아니오만."

"들어 봅시다."

"흑주교는 음양사를 관리하는 음양료라는 관직에서 시작했소. 그들은 음양사 네 개의 큰 뿌리는 양면불, 목련, 요약, 미호인데 이들 중 요약이 목련과 미호를 흡수했고 본류인 양면불과 적대 관계에 있소."

"호오, 그래서 그대가 음양사 음양사 했군. 참 흥미롭군. 그나저나 다이시란 노인이 흑주교와 적대 관계란 말이군."

"그렇소. 다이시란 노인은 양면불이란 별명을 지닌 음양사 가문의 가주요."

"뭐 전설이 사실이다 치고, 그 영감을 어떻게 찾는단 말이오?"

차돌석의 입이 묘하게 비틀렸다. 전혀 신뢰가 가는 말이 아니다. 정신병자 말을 듣고 그대로 따라야 할 처지였다.

"사람은 자기 영역을 벗어나지 않소. 음양사가 은둔할 만한 곳을 찾으면 될 것이요."

"구체적으로 말해 보시오."

"일본 막부가 전성기를 누리던 때 신사도 가장 발전했소. 그 신사는 음양사의 직장이자 가문의 본거지라 알고 있소."

"막부가 있던 오사카라도 뒤지란 말이오?"

"일단 오사카와 고베를 중심으로 알아보는데 미스터리한 장소도 같이 조사해 주시오."

"미스터리?"

"그렇소. 괴이한 소문들을 좇아 주시오. 길을 가다가 원래 출발했던 곳으로 왔다거나 귀신을 봤다는 장소도 좋소. 또 신사 주변에 오래된 고택에 일족이 20년 전부터 거주하든지, 점을 치거나 부적을 파는데 이런 문양이 들어간, Π나 ⊄ 낙관이 들어간 부적을 보면 바로 나에게 알려 주시오."

"언제부터요?"

"지금부터. 참 연락은 즉각 부탁하고 소문의 확인은 내가 할 테니 접근하지 마시오."

"뭐 우리야 그편이 더 좋소."

차돌석이 자리에서 일어나며 말을 계속했다.

"오사카부터 갈 것이오."

"부탁하오."

상욱이 커피숍을 나서는 차돌석의 뒤에 대고 말했다.

차돌석이 오사카에 온 것은 전적으로 상욱의 말 때문이었다.

막부 시대의 중심이자 신사들이 산재한 오사카는 여러 전설을 간직한 도시다. 그리고 재일교포가 많은 거주지였다. 도움받을 지인이 그만큼 많았다.

그는 재일본조선청년동맹 오사카 지부에 들렀다.

"아직도 자위대를 맡고 있나?"

30대 중반의 얼굴선이 가는 사내가 차돌석을 향해 양팔을 벌렸다.

"이안, 이 친구."

차돌석도 포옹을 했다.

"여전하구먼."

이안은 차돌석의 단단한 몸을 툭툭 건드렸다.

"너야말로."

"저리로 가 앉지."

안부를 물으며 둘은 응접실로 갔다.

"나를 찾아왔을 리는 없고. 무슨 일이야?"

"친구란 놈이. 차 한 잔 내놔 봐."

"말만 지부장이다. 한가하면 이러겠냐?"

차돌석의 핀잔에 이안이 턱짓을 한다.

10평 남짓 사무실에 남녀 셋이 앉아 컴퓨터에 코를 박고 있다.

"예전 같지 않아, 쯧쯧쯧."

차돌석이 혀를 찼다.

조총련의 세는 1970년대 납북 사건 이후 크게 꺾였다.

"일단 용건부터 말해 봐. 저녁에나 한잔하자고."

"이상한 일을 맡았는데……."

차돌석이 어떻게 설명해야 할지 막막했다.

"내용은 필요 없고 간략한 요점만."

"그것이 낫겠군. 산이나 일정 지역을 갔는데 제자리로 돌아온다거나, 이런 모양이 들어간 부적을 파는 신사 또는 음양사를 찾을 수 있나?"

차돌석은 수첩과 펜을 꺼내 상욱이 그린 표시를 그렸다.

"별 이상한 요구군."

이안이 인상을 찌푸렸다.

"말하는 나도 실없네."

"점을 보러 다니는 사람이 꽤 있으니 말을 전함세. 그리고 의외로 그런 소문은 빠른 법일세."

이안이 피식 웃으며 말했다.

그가 껄떡거린 여자는 불면증으로 잠 못 드는 밤에 센 양의 숫자만큼이나 많았다. 그녀들 중에는 괴상한 소문이나 점과 부적에 환장한 여자들도 심심치 않았다.

차돌석은 친구의 웃음의 의미를 몰라 그냥 그러려니 했다.

"얼마나 기다려야 하나?"

"한 이틀만 기다려 봐. 그보다, 혼자 왔을 리 없고."

"팀이 왔다. 애들은 요 밑 PC방에 가 있어."

"PC방?"

"내가 말한 소문을 찾아 이것저것 뒤지고 있다."

"어이없군. 목적이 뭔지 몰라도 황당하네."

"음양사를 찾는다고 하더군."

"병신 삽질은!"

"워, 워, 이것 봐, 진정해. 내 물주를 너무 깔보는 태도는 자제해 주고."

"너도 한 묶음으로 취급해 줄까?"

"굳이 그럴 필요까지는 없다. 그냥 내 부탁이나 들어주지. 나도 이러고 싶지는 않지만 돈값은 해 줘야 해."

"차돌석이 언제부터 돈돈 했지?"

"그 돈이 없던 주인을 하나 내 앞에 뚝딱 세워 놨다. 또 엄밀히 말하면 이 사무처장이 약속한 3백만 엔은 우리 팀의 두 달 재정보다 많지."

"하기는 남 말할 때가 아니군. 여기나 거기나 뭐 똑같네."

"너에게 정보 제공료 20만 엔을 주지, 지금 당장."

차돌석이 미리 준비한 봉투를 이안에게 건넸다.

"고맙다."

"친구 사이에 고맙긴. 저녁은 네 녀석이 사는 것으로."

"크크크, 알았다. 어차피 이 돈 내 코에 붙일 일도 아니다."

둘은 한동안 농담을 주고받았다.

다음 날 이안은 숙취가 풀리지 않은 머리를 부여잡고 오전 내내 전화를 붙잡고 살았다. 그리고 다음 날, 다다음 날이 될 때까지 별 이상한 제보를 받았다.

확실히 여자들의 입소문은 만만치 않았다.

고바야시는 요 며칠 젊게 살았다. 더불어 사는 참맛을 느

껐다.

당장 하나코를 집으로 들이고 싶었지만 사장인 그의 위치도 있고, 하나코의 굴 요리 가게도 나름 성업 중이라 마음을 꾹 눌렀다.

그래도 불안한 감정은 어쩔 수 없었다. 물가에 어린애를 내놓은 기분이다.

그 원인이 흑주교의 재무이사라는 자라서 신경이 계속 거슬렸다.

"이 사람들이, 알아보라고 한 때가 언젠데."

그는 전화를 들었다.

"기획조정실 정보 팀장 들어오라고 하세요."

그는 비서실에 일방적으로 통보했다.

기업 내에도 정보를 취급하는 부서가 있다. 그 부서가 기획조정실이다.

출발은 상품 홍보와 여론 조사를 하는 통계 부서였지만 소비자 기호를 파악하고 수렴하는 과정에서 기획 업무와 맞물렸다.

여기에 정치권의 동향이 기업 이익과 연결되어 정보활동 영역이 매우 컸다.

그 기획조정실 정보 팀장에게 이시히 니와의 전화번호를 준 것이 사흘 전이다.

"이틀이면 끝난다더니 전화도 없고 말이야, 사람들이."

괜한 짜증에 난 고바야시는 혼잣말로 중언부언했다. 그만큼 신경이 쓰였다.

잠시 후.

노크와 함께 50대 후반의 대머리 사내가 들어왔다.

"사장님, 어제 들렀어야 하는데 죄송합니다."

중년 사내는 허리를 깊숙이 숙였다.

"하네다 군, 결과는?"

"여기, 서류를 보십시오."

하네다가 옆에 있던 결재판을 내밀었다.

고바야시가 안의 서류를 보자 그는 부연 설명을 했다.

"이시히 니와, 57세로 흑주교주 이시히 시로의 장손입니다. 흑주교 상황은 사장님도 아시다시피 경찰에 의해 폐쇄된 상태고 그자도 수배 중입니다. 사장님이 주신 번호를 추적한 결과 최근 한 달 동안 2백여 건의 통화 내역이 있었습니다. 주로 발신한 장소는 도쿄 아키하바라 구역으로, 그 주변을 확인한 결과 오피스텔에서 교도 세 명과 같이 생활 중에 있습니다."

"특별한 사항은?"

"교도로 추정되는 자들이 사무라이 집단인 신풍神風의 이도류二刀流 소속으로 추정됩니다."

"신풍! 이도류?"

고바야시의 얼굴이 굳어졌다.

신풍.

중국의 무림, 한국의 쟁천과 같은 집단이다.

"이도류라면 정권의 정점에 있는 아베와 가문을 봐주고 있잖은가?"

"그래서 보고가 늦었습니다."

"흐음."

고바야시의 생각이 깊어졌다.

"하네다 군, 자네 의견을 듣고 싶군."

"이시히 니와의 뒤를 이도류가 돌보고 있는 현 상황이 짜고 치는 하나후다(화투)와 같습니다. 이 정권과 척지면 미야모토 회장이 싫어할 겁니다."

"꼭 그렇지만도 않지. 아베와 정권은 지는 해지. 그리고 회장님은 아베와 가문을 무척이나 싫어하지."

"승부입니까?"

"그보다는 이도류를 대적할 상대를 찾는 일이 먼저겠군. 나가 보게."

"네, 사장님."

고바야시의 고민이 깊어졌다.

일단 이도류는 신풍의 절대 집단 중 하나였다. 그들과 맞설 수 있는 무력이 필요했다.

그리고 아베와 총리에 필적할 정치인, 그것도 회장 미야모토 입맛에 맞는 정치인을 면전에 들이밀어야 한다.

그래야 이 상황을 돌파하는 데 끝나지 않고 더 큰 것들을 그의 주머니에 담을 수 있다.

'어차피 사장 자리에서 물러나야 할 때야. 미래가 담보된 자리도 아니고. 하지만…….'

그는 주먹을 꽉 쥐었다.

지금 머릿속에 그린 그림처럼만 된다면 더 높이 설 수 있다. 문제는 첫 단추였다.

미간에 골이 깊게 파였지만 곧 얼굴에 화색이 돌았다. 책상 서랍에 2G 폰에 진동이 왔기 때문이다.

그는 서랍을 열어 액정을 확인하고 책상에 놓인 다른 휴대폰을 들었다.

"응, 나야. 하나코."

—…….

"좀 바빴지."

—…….

"그래. 그래 . 끝나고 바로 가게로 들르지."

—…….

"저녁은 당연히 당신이랑 해야지. 그리고 전화 말이야. 내 휴대폰으로 하라고."

—…….

"알았어. 그 마음 새기지."

고바야시는 전화를 끊었다.

하나코는 기생으로 있으며 첫 남자인 그만을 위한 여자다. 다른 남자에게 웃음을 팔아도 몸은 내주지 않았다. 그런 여자가 그만을 위해 10년 가까이 꾸미며 기다렸다.

뭘 못 해 줄까 싶다.

그날 늦은 저녁.

카기바 내실에서는 때아닌 춘풍이 불고 있었다.

60에 가까운 그의 나이에도 불구하고 현대 의학의 적극적인 도움을 받아 야생마 수컷처럼 유희를 만끽했다.

그가 하나코를 처음 봤을 때는 20대 초반의 여자로 몸은 부드러웠지만 나무였다.

그도 전무이사였을 당시로 40대 후반이라 사회적 지위에 얽매여 하나코가 여자이기보다는 사업상 파트너에 불과했다.

그런 하나코가 30대 초반이 되어 여자로 몸이 열리고 그도 자리의 정점에 서자 여유를 찾았다.

만지며 쓰다듬고 부비는 살결에 20대의 풋풋함과 풍만한 몸매 그리고 교태는 그를 녹게 만들었다.

곧 등골이 휘는 절정이 지나고 그는 하나코를 보고 거친 숨을 내쉬었다.

"어디 가?"

고바야시는 침대에서 일어나는 하나코에게 물었다.

"잠시만요."

하나코는 미소을 잔잔히 지으며 돌아섰다.

내밀한 곳을 보이지 않으려 허벅지를 붙이며 작은 걸음을 옮기더니 여느 때처럼 물수건을 가져와 고바야시의 몸을 닦았다.

하나코는 보물이라도 만지는 듯 조심스럽고도 정성스러웠다.

고바야시는 하나코의 행위에 정제된 느낌을 받으며 기분이 고양되고 마음이 넉넉해졌다.

"그냥 놔두고 이리 와."

그는 하나코의 손을 잡아 품으로 끌었다.

"아이, 잠깐만요."

하나코는 못 이기는 척 고바야시의 품에 안겼다.

"그놈…… 아직도 전화 와?"

고바야시는 대뜸 물었다. 하나코와 이시히 니와의 통화 내역을 알고 있는 그다. 의도적인 질문이었다.

"신경 쓰지 마세요. 저도 무시하고 있어요."

하나코가 사실을 말하자 고바야시의 입에 미소가 그려졌다.

거짓말이 없는 여자다. 이 여자에 대한 믿음이 더해졌다.

'이번 일이 끝나면 많은 것을 잃거나 얻겠지. 그때는 하나코를 집으로 들여야겠어.'

고바야시는 하나코를 품에 꼭 안았다.

◎

어둠을 밝히는 유일한 빛은 샛별이었다.

롯코산[六甲山]을 올려다본 상욱은 어깨를 끌어 올려 목에 붙였다가 머리를 좌우로 움직였다.

으드득.

쪽잠으로 뭉쳤던 경추가 풀어지며 소리를 냈다.

"쓰-읍."

찬 밤공기를 폐부까지 밀어 넣자 카르마가 온몸을 휘돌았다. 안개마저 피어난 어두운 밤을 뚫고 롯코산이 한눈에 들어왔다.

"이번이 다섯 번째요, 아님 여섯 번째요?"

차돌석이 상욱의 옆으로 빠르게 붙으며 물었다.

지난 나흘 동안 그는 상욱을 데리고 괴이한 소문의 진원지와 신사 그리고 별 요상한 점집을 뒤지고 다녔다.

결과는 신통치 않았고, 이번이 이안에게 여섯 번째 연통을 받은 차돌석이 상욱과 같이 신사를 오르는 중이다.

뱀파이어릭으로 산길을 꿰뚫은 상욱은 큰 걸음을 뗐다.

산의 초입은 완만해 공원 산책로가 나 있었다. 그 길의 끝에 이르러 상욱이 목청을 높여 큰 소리를 질렀다.

"우우우-!"

종속의 하울링이 함께 나오며 상욱의 몸을 울림통으로 롯코산을 진동했다. 그 데시벨이 어찌나 큰지 인간의 귀에는 들리지 않고 짐승들과 몇 특이한 존재들만이 경악했다.

상욱은 그렇게 신사의 주인에게 인사를 했다.

"뭐, 뭐요?"

차돌석이 귀를 잡고 놀라 물었다.

"이번에는 제대로 찾아온 것 같소. 인사를 하는 중이오."

"인사를 그렇게 했다가는 자다 놀라 죽겠소."

"새벽이라 예의라 하기 그런가?"

상욱이 어색한 미소를 지었다.

상욱의 거친 예의에 롯코산 기타노텐만 신사의 주인 아베노 다이시는 급한 마음을 누르고 자리에서 일어나 아들 내외에게 갔다.

아들 고노시는 두 눈이 휘둥그레져 처를 끼고 안절부절못했다.

"고노시."

"네? 네, 아버지!"

"정신 차려라."

고노시의 처는 무슨 일인지 몰라 그의 남편과 시아버지를 번갈아 봤다.

"큰 적이 온 모양이다. 일단 너는 네 처와 애들을 데리고 지하에 내려가거라."

다이시가 단호한 얼굴이 됐다.

음양사의 시조이자 본류의 적자인 아베노 가문의 장자인 그는 양면불의 최고 절기인 입식신견환몽立式神見幻夢을 온전히 습득하지 못했다.

그래도 음양사의 최고 경지인 천장天將에는 못 미쳐도 식신食神 반열에 들었다고 자부하는 그다.

아들 고노시도 당황하고 있지만 그도 진마眞魔의 경지로, 위로 천장과 식신만이 남았다.

"저도 아버지를 도와 적을 막겠습니다."

당연히 고노시가 고개를 흔들었다.

"산 입구의 미혼진을 뚫고 본진을 깨려면 선조이신 아베노 세이메이께서 오셔도 한나절이다."

"알고 있습니다. 날이 새려면 몇 시간 남지 않았습니다."

"아침에 산책 나오는 사람들이 적지 않으니 소란스러워질 것이다, 누군가는 경찰에 신고도 할 테고. 쳐들어온 적의 간담이 배 밖으로 나오지 않은 이상 물러날 수밖에 없을 게다."

"그러니 제가 옆에서 아버지를 돕겠습니다."

"너를 피신시키는 것은 혹시 모를 일 때문이야. 지하 밀실에서 일주일은 있어야 한다. 알겠느냐?"

"……."

"대답해라."

고노시가 침묵하자 다이시가 확답을 요구했다.

"그러겠습니다."

"그럼 서둘러 밀실로 가거라. 나는 혹시 모르니 본진 갑자열화진甲子熱火陳을 활성화해야겠다."

다이시는 아들 내외를 한차례 보고는 몸을 돌렸다.

산 위 신사의 주인이 놀라 경계할 줄 몰랐던 상욱은 심사가 느긋했다. 아니, 호기심이 가득한 표정으로 여기저기를 둘러보며 차돌석을 채근했다.

산책로를 벗어나 산 정상을 향하자 나무덩굴이 앞을 막아 위로 올라가는 길을 우측으로 유도했다. 문제는 이 덩굴의 일부가 허상이라는 데 있었다.

"길도 없는데 어디로 가는 것이오?"

차돌석이 상욱의 뒤에 서서 걸음을 멈췄다.

"당신 눈에는 안 보이지만 이 숲은 진짜와 환상이 어우러져 있소. 아무 생각 없이 등산을 하면 오르막길을 걷는 느낌으로 옆길로 빠져 하산하게 되었소."

"내 눈이 소태요?"

"그 소태가 뱀 허물이라면 틀리지 않소."

"뭐요?"

탁.

상욱이 차돌석의 등을 오른손으로 툭 쳤다.

차돌석의 두 눈이 퉁방울만 해졌다. 박하 같은 기운이 그를 감싸더니 진짜 나뭇잎과 반투명한 그림자가 겹쳐 숲이 꽉 절어 보였다.

"이것 때문에 산행을 하다가 귀신에 홀렸다는 소문이 돈 것이오."

상욱은 '어어.'를 연발하는 차돌석을 뒤로하고 덤불 사이를 거침없이 들어갔다.

그렇게 10여 분을 걸어 일반인이 1시간은 등산할 거리를 올랐다.

멀리 보이던 신사는 어느새 100미터 앞에 있었다. 그는 더 나갈 걸음을 멈췄다.

"헉헉, 발에 헉헉, 용수철이라도 달았소? 헉헉, 무슨 걸음이……."

차돌석이 상욱의 뒤에서 양손으로 무릎을 짚고 거친 숨을 몰아쉬었다.

상욱이 묘한 얼굴로 앞을 바라봤다.

불과 몇 걸음 앞이 용담호혈과 다를 바 없는 기운을 품어 내 신사의 주인이 그의 접근을 거부하고 있었다.

손님이 왔다는 신호가 경계심만 잔뜩 올려놓은 모양이었다.

"나는 한국에서 온 박상욱이라는 사람입니다."

상욱은 내공을 실어 굳이 사람이라고 말했다.

도인이나 음양사와는 거리가 있다고 신사의 주인에게 인식을 시켰다.

그러자 산사에서 깡마르고 강팍한 인상의 노인 다이시가 나왔다. 그는 상욱을 보며 미간을 찌푸렸다.

롯코산이 흔들릴 정도면 적어도 연륜이 있는 중년의 사내가 괴음을 토한 줄 알았다.

그런데 애송이 모습을 한 두 놈이 서 있었다.

그래서 마음이 더 서늘해졌다. 요괴가 인두겁을 쓴 것이 틀림없다.

"돌아가라. 난 한국 사람과 만날 이유가 없다."

다이시는 만남 자체를 거부했다.

"이시히 시로를 증오하지 않습니까? 나는 그자와 사감이 있습니다."

"어림없는 소리. 백이십 살이 넘는 요괴와 젊은 네가 어찌 한을 맺을 일이 있단 말이냐?"

다이시가 상욱을 떠봤다.

"원한은 선조에 있소이다."

상욱은 목소리에 진심을 담았다.

'뭐, 거짓은 아니지.'

이시히 시로가 마루타 부대의 수괴이자 한국 선조들의 원수 중 하나였음은 틀림없는 사실이다.

"그대는 어쨌든 불청객이다. 낮에 떳떳하게 방문했어야 맞다. 돌아가라."

"낮에 오면 환대해 줍니까?"

상욱이 비릿한 웃음을 지었다.
아마도 가면 쓴 얼굴로 부적이나 몇 장 팔 노인네로 끝날 일이다.
"흥."
다이시는 콧소리를 냈다. 어쨌든 만날 이유가 없었다.
"전 해가 뜨기 전에 몇 마디 말이라도 나눠야겠습니다."
"들어올 능력이 된다면."
다분히 빈정거린 다이시다.
그는 신사 앞 100미터 내에 만들어 놓은 함정을 믿었다.
"그럼 곧 얼굴을 보며 대화를 나누죠."
상욱이 웃는 낯으로 말했다.
"아니, 100미터도 안 되는 거리를 가내 마내 하는 것이오? 그리고 저 중늙은이가 음양사가 맞기는 한 것인지."
차돌석이 다분히 빈정거리는 어투로 둘을 번갈아 봤다. 그는 벌써 신사에 올라오기 전의 일을 까먹었다.
상욱은 대답할 가치를 못 느끼고 앞으로 몇 걸음을 나갔다.
그러자 세상이 변했다. 어두웠던 하늘은 검붉게 칙칙해지고 대지는 쩍쩍 갈라지며 노란 용암이 펵펵 튀어 올랐다.
더구나 눈앞의 다이시가 멀어지더니 아득한 곳에서 점같이 보였다.
'마계보다 더 우악스럽네.'

팔열지옥 같은 모습에도 상욱은 웃음을 거두지 않았다.

마왕 에블리스가 남긴 권능 중에 지옥의 불구덩이 다르자바가 만든 환경과 별반 다르지 않았다.

마치 고향에 온 느낌이 이럴까?

"으아아악!"

갑자기 상욱의 등 뒤에서 비명이 터졌다.

차돌석은 눈앞의 용암과 불구덩이에서 뿜어지는 열기에 발을 동동 굴렀다.

"물러나시오."

"나보고 어떡하란 말이오?"

차돌석이 발밑에서 시작해 건너편까지 10미터 폭의 용암의 강을 보며 거의 주저앉았다.

"어, 어어."

그러나 그는 곧 그가 날고 있는 것을 깨달았다.

턱. 턱. 턱.

그 와중에 균형을 잡고 땅에 착지해 몇 걸음을 더 나갔다.

"기다리시오."

멀리서 상욱의 목소리가 차돌석의 귀에 박혔다.

차돌석은 얼음이 되어 상욱을 바라봤다.

갑자열화진의 팔열지옥을, 상욱은 온탕을 들어간 아이처럼 거침없이 나갔다.

간간이 진의 흐름은 종잡을 수 없게 변화무쌍해 무형의 벽이 상욱을 막아섰다.

그럴 때마다 단순무식하게 주먹질을 했다.

그 위력이 가공해 태산을 짓뭉갤 거력을 담겼다.

전날 서장에서 서문혜가 소림의 능진과 능행 그리고 화산의 청암 세 전대 장로들에게 펼친 공진멸空辰滅이었다.

이 절세무공은 천산파의 시조인 삼선 중 지선 황조의 진신절기로, 미완성이었음에도 가히 천하무적이라 할 수 있었다.

당시 서문혜는 깨달음과 내공 부족 때문에 구명절초로 썼을 뿐이다.

이것을 상욱이 완성했다. 아니, 삼류 무공의 초식을 펼치듯 연달아 펼쳤다.

특히나 세 초식 중 마지막 초식 공진멸은 불도저로 모래밭을 밀어 버리듯 길을 내 버렸다.

아베노 다이시는 당혹스러웠다.

고베의 정기가 가득한 롯코산의 잊힌 기타노텐만 신사에 터를 잡았다.

그 시간이 30년이다.

가문의 원수 이시히 시로에게 개 쫓기듯 도망 나와 평생 한을 풀 함정을 도모한 곳이기도 했다.

그 함정이 10간干의 으뜸인 갑甲의 기운 목木과, 동기이성同氣異性의 을乙을 끌어다 상생인 화 기운을 극성으로 키운 갑자열화진이다.

하늘과 땅이 불지옥으로 무쇠를 녹이는 이 진법이 희나리나 태울 들불처럼 사그라들었다.

특히나 적은 10간의 으뜸인 갑간甲干만을 망가트려 진 자체가 무너져 내렸다.

그렇게 갑자열화진을 뚫은 요괴가 다가왔다.

다이시는 그도 모르게 뒷걸음질을 쳤다.

쾅-. 쾅.

마침내 갑자열화진이 무너지며 상욱의 모습이 다이시 코앞에 나타났다.

"실례합니다."

상욱이 다이시에게 미안한 표정으로 한 첫마디였다.

다이시는 분한 마음을 주체하지 못하며 고개만 끄덕일 뿐이었다.

장장 30년 동안 이시히 시로를 죽이기 위해 만든 갑자열화진이다. 그 진이 허무하게 깨져 억장이 무너졌다.

이제 이 젊은이가 인두겁을 쓴 요괴가 아니길 빌었다. 그래야 죽음을 피하고 복수할 한 줄기 희망이라도 부여잡을 수 있었다.

"저, 정말 들어올 능력이 되는군. 그대는 누구인가?"

다이시는 상욱의 정체를 물었다.

눈앞의 젊은이가 진법을 깬 수단은 확실히 요괴나 음양사가 쓰는 술법이 아니었다. 중국의 무림이나 한국의 쟁천이란 집단이 사용하는 내공이 분명했다.

게다가 가까이 다가온 놈에게서는 음양사들에게서 풍기는 슈가 없다.

"쟁천 어암서원의 박상욱입니다. 당신 나라 말로는 보쿠 아이아시히겠군요."

"어암서원!"

다이시는 쟁천의 10문 10가 중 으뜸인 몇 가문은 알고 있었다. 그중 어암서원은 도가 계열의 문門이라 호기심을 가졌던 적이 있었다.

"어암서원을 아시는군요. 그럼 말이 쉽겠군요."

"그래도 내가 그대를 믿을 이유가 없다. 무엇보다 평생을 공들인 숙원이 그대로 인해 깨졌다. 보이지 않나?"

다이시는 고개를 돌려 신사 앞을 봤다.

넘어진 석등과 석주 몇 개가 나뒹굴고 움푹 진폭이 파인 골이 길게 나 있었다.

"땅이야 평평해지면 그만이지만 이시히 시로는 그럴 수 없는 일입니다. 노인장이 협조해 줘야 풀릴 일이죠."

상욱은 뻔뻔하게 밀고 나갔다.

"내가 그대를 믿게 만들어 보게. 그럼 오늘 일은 없던 일로 돌리고 협조하겠네."

다이시는 갑자열화진이 망가져 화가 났지만 되돌릴 수 있는 일이 아니었다.

다만 보쿠 아이아시히라고 자칭한 자가 진짜 이시히 시로와 원한 관계이기를 바랬다.

그러자 상욱이 허공에서 검은 양장본의 책을 꺼내 다이시에게 내밀었다.

"뭔가?"

다이시는 두 눈이 휘둥그레지며 책을 건네받았다. 음양사 술법에도 없는 공간 활용이다.

상욱이 피식 웃었다. 이계의 마법을 다이시가 알 리가 없다. 그렇다고 굳이 알려 주고 싶지는 않았다.

다이시는 상욱이 묵묵부답이자 시선을 양장본 책으로 돌렸다.

"흑주일람!"

휘둥그레진 그의 눈이 얼굴의 반을 차지할 정도로 더 커졌다. 그는 정신없이 책을 넘겼다.

"크흠."

이 모습을 10분가량 지켜보던 상욱이 헛기침을 했다.

"이 책을 어디서 얻었는가?"

다이시는 흥분을 감추지 못했다.

선조 아베노 세이메이가 음양사의 큰 획을 그은 이래로 음양료는 네 개의 계파로 나눠졌다. 그의 가문은 종통이었지만 세이메이의 술법을 다 전수받지 못했다. 자질의 문제였다.

후손들은 세이메이만큼 천재가 아니었다.

그래서 세이메이는 세 명의 제자를 들였다. 그래도 정통의 자질은 어디 가지 않았다.

500년이 넘는 세월이 지나는 동안에도 아베노의 가문은 항상 세 제자들이 만든 가문을 압도했다.

세 가문은 항상 아베노가家를 압도하려 경주했다.

결국 명치유신이 터지며 아베노가가 유지하던 견제와 균형이 무너졌다.

막부 정권과 한배를 탔던 아베노가는 서양 문물이 들어오며 천황의 권리 회복을 주장한 명치유신 이래 세 가문에 밀려 정치적 영향력과 세력을 잃었다.

그것은 일순간이었다.

500년이 넘는 아베노가의 전통이 10년 권세에 밀렸다.

특히나 세 가문 중 요약사의 가문에 이시히 시로가 등장해 세 가문을 통합하고 아베노 가문은 철저히 말살했다.

게다가 제국 전쟁 당시에 마루타 부대의 수장이 된 이시히 시로는 인체 실험을 통해 슈의 근본에 가까워졌다.

제국 전쟁 패망 이후에도 이시히 시로는 요코하마에 흑주교를 내세워 음양사로 암약했다.

특히 흑주교 본당에서 음한 요기와 교도들의 정수를 흡수해 아베노가가 대적 불가능한 괴물이 되었다.

그런데 흑주교의 비전이자 빼앗겼던 아베노 가문의 진수인 양면불의 최고 절기인 입식신견환몽까지 실린 흑주일람이 그의 손에 들렸으니 흥분하지 않을 수 없었다.

'이 책만 있으면 아베노가는 거듭날 수 있다.'

40년 전 아버지의 죽음이 한순간 스쳤다.

"그대, 보쿠 아이아시히 상, 기꺼이 아베노 가문의 손님으로 초대하겠소. 도조."

다이시는 묵례와 반공대로 상욱을 새로이 손님으로 맞이했다.

신사의 구조와 실내는 참 단출했다.

위패를 모시는 제실과 손님을 접대하는 응접실은 낮은 문턱을 두고 위치했다.

화덕을 둔 다다미식 응접실 좌측으로는 부엌이, 우측으로는 방이 세 개가 나란히 있었다.

눈앞에 지옥이 사라지자 차돌석은 상욱 옆에 붙었다. 그의 눈이 쉴 새 없이 돌아갔다.

"엿보일 것이 없소."

말하는 다이시의 눈에 회한이 찼다. 퇴락한 가문을 내보이기엔 자존심이 무척 상했다.

"지금이야 그렇습니다만 내년에는 고베를 벗어나 도쿄에 있을지 누가 압니까?"

상욱이 도쿄를 언급한 것은 음양사에게 상징성과 같았다. 음양료가 정권과 같이 성장하기 때문이다. 나름 심오한 의미가 부여된 말이다.

"덕담인지, 아니면 그렇게 해 주겠다는 말이오?"

다이시가 본론을 꺼냈다.

"그러기 위해서는 몇 가지 준비가 필요하지요."

상욱이 다이시에게 산타클로스 같은 얼굴을 내보였다.

"어떤 이야기라도 들을 준비가 됐소이다."

다이시가 비장한 각오로 말했다.

그날 아침 다이시의 아들 고노시 내외는 신사로 나와 식사를 만들었다. 점식과 저녁에는 오반자이[一般食]이라고 내놓은 조린 청어를 넣은 소바와 히츠마부시(장어구이)는 상욱과 차돌석의 입을 즐겁게 했다.

그리고 남은 시간 상욱과 다이시는 깊은 이야기를 나눴다.

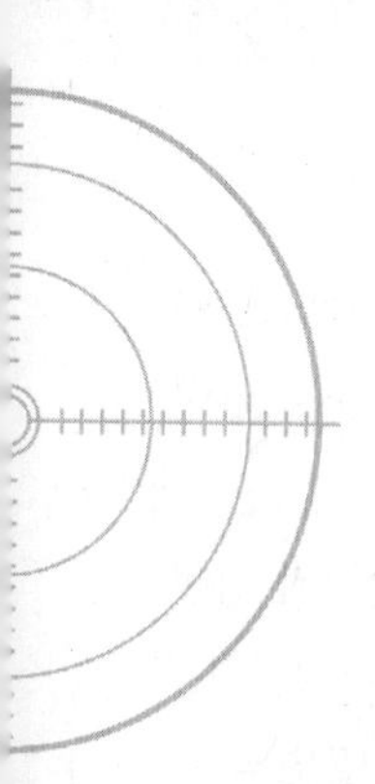

일거리를 만들다

다음 날 오후.

도쿄로 돌아온 상욱은 비토리로부터 하나코가 전화로 도움 요청을 한다는 말을 전해 들었다.

그 내용이 재미있었다.

이시히 니와의 행방을 찾는 것까지는 수순에 있었다. 그런데 그자를 호위하는 자들이 신풍의 한 조직인 이도류의 사람이란다.

신풍.

막부 시대의 무사 계급 사무라이와 닌자 그리고 음양료까지, 한국의 쟁천과 유사한 집단이 일본에도 존재한단다.

그 설명은 이미 비토리로부터 자세히 들었었다.

특히 일본도를 사용하는 오노하 일도류一刀流와 카토리 신도류神刀流 그리고 대도와 소도를 쓰는 이천일류二天一流인 이 도류가 그의 관심을 끌었다.

영화처럼 쾌속의 발도술과 짧은 순간 기를 폭발시켜 강한 일검으로 승부를 가르는 기술들을 들으며 흥미가 더해졌다.

게다가 오노하 일도류와 카토리 신도류는 본국검법의 수파이守破離와 같은 묘리를 공유하고 있었다.

끊임없는 깨달음에 중점을 둔 무한 수련이 그 핵심이니 말이다.

상욱은 그가 지닌 검술 몇 가지와 비교해 보고 싶어졌다. 그 기회가 그에게 찾아왔다.

상욱이 긴자의 카키바에 도착했을 때는 해거름이었다.

그는 빌딩 사이에 서쪽으로 기울어 가는 해를 보며 잠시 멈춰 섰다. 이국의 풍광을 감상하자 비토리가 그의 옆에 섰다.

"공기가 이상하네요."

"일본의 무사 사무라이인가?"

돌아서는 상욱의 눈에 길 건너편에 있는 타이트한 검정 정장 차림의 사내 둘이 들어왔다.

"미스비스 사장을 경호하는 자들 같아요."

비토리가 자연스럽게 상욱의 팔짱을 끼며 말했다.

"그럴지도."

상욱이 카키바로 올라가며 건성으로 답했다.

길 건너편 사내들은 날이 잔뜩 선 칼날 같았다.

'가까이 오면 내버려 두지 않아.'라는 분비물을 질질 흘렸다.

대외적인 행사 경호라면 모를까 원거리 경호를 하는 자들이 저 상태라면 경호 대상이 여기 있다고 광고하는 격이다.

경호의 경 자도 모르는 뇌까지 근육으로 뭉친 무인들이다. 그것도 쟁천과 비교해 이류 수준에 불과했다.

상욱은 그것이 살짝 거슬리는데 2층 카키바로 들어서며 짜증으로 바뀌었다.

입구에 똑같은 사내 둘이 지켜 서고 있었다.

"오늘 손님을 받지 않는다. 돌아가라."

굵은 톤의 목소리가 상욱과 비토리을 잡았다.

"이곳 주인과 약속이 잡혔다. 너희들이 기다리는 사람이다."

비토리가 나섰다.

그러자 사내들이 물러서며 상욱을 위아래로 봤다.

그들의 입꼬리가 올라갔다. 계집 뒤에 숨나 하는, 대충 그런 의미가 담겼다.

상욱은 명백한 비웃음을 받았지만 덤덤했다.

"칙쇼."

상욱이 그들 옆을 지나가자 다시 사내가 도발을 했다.

"빠가야로."

갑자기 비토리가 돌아서서 욕을 했다.

"뭐, 뭐라고."

욕을 하며 시비하던 사내는 여자인 비토리가 나서자 당황했다.

"초대에 불만이 있는 자가 있는 모양이군. 상대할 가치도 없다. 그냥 들어가."

상욱이 한국말로 비토리를 말리고 걸음을 옮겼다.

"조센진?"

시비를 걸던 사내가 상욱의 가슴을 손으로 막았다.

탁.

"죽을래?"

비토리가 사내의 손을 걷어 냈다.

두 사내의 눈이 통방울만 해졌다. 육안으로 비토리를 따라잡을 수 없었던 것이다.

그러자 손이 걷어 치워진 사내의 얼굴이 붉어졌다.

주먹을 쥐고 비토리 얼굴로 들려는 순간 비토리가 움직였다. 그녀는 양손으로 사내들의 가슴을 밀었다. 단지 빨랐을 뿐이다.

펑.

쿵.

밀리는 소리와 동시에 사내들이 벽에 부딪쳐 축 늘어졌다.

속도가 힘을 지배했다.

그들을 뒤로하고 상욱과 비토리가 안으로 들어가자 콧수염의 중년의 사내가 앞을 막아섰다.

앞선 사내들과 달리 일본도를 뽑아 들고 대기하고 있었다.

"손님을 맞이하자는 것인가, 아니면 싸우자는 것인가?"

이번에는 상욱이 앞으로 나섰다. 기분이 나빴지만 일본 말까지 썼다.

"지금 너를 맞이하는 것은 고바야시 님의 뜻은 아니다. 나의 자존심이 걸린 문제지."

중년 사내가 뜻 모를 말을 상욱에게 했다.

"그 칼끝이 나를 향하는 순간, 당신…… 죽는다."

상욱은 도발하는 상대를 내버려 둘 정도로 무르지 않았다.

중년 사내는 상욱의 말에 아랑곳하지 않고 칼을 뽑으려고 상체를 숙이고 허리로 오른손을 가져갔다.

오노하 일도류의 타치아이 발도술이 일본도에 걸렸다.

그 순간 상욱의 기세가 달라졌다. 주변의 공기가, 아니 중력이 무거워졌다.

중년 사내는 평소의 몇 곱절이 된 중력과 심장이 꿰뚫리는 느낌을 받았다.

"으으으."

오른손이 부르르 떨리며 그도 모르게 주춤주춤 물러섰다.

"멈, 멈추시오."

바의 내실 문이 열리며 고바야시가 나섰다.

상욱이 가한 의형상인의 살기는 칼을 든 중년인에 한정되어 있지만 그에 따른 압박이 주변에서 완벽히 배제된 것은 아니다.

그럼에도 거기서 오는 압박을 뚫고 고바야시가 나섰다. 범인凡人이 가질 강단이 아니었다.

"고바야시 상."

중년인이 침음을 흘렸다.

"아키라 군, 오노하 일도류의 명예보다 지금은 목숨이 더 중요합니다."

고바야시의 말에 중년인 아키라의 얼굴이 붉어졌다. 수치심이 들끓었다.

"제가 원치 않게 손님들에게 무례가 있었습니다. 일단 안으로 가시죠."

고바야시가 허리를 숙여 상욱과 비토리를 청했다.

상욱은 두 사람의 대화를 통해 이 상황이 대충 이해가 됐다. 그를 초청한 고바야시와 오노하 일도류의 사내 간에 모종의 알력 관계로 그가 원하지 않은 시험을 받은 모양이다.

싸우려고 온 상욱이 아니다. 그는 고개를 끄덕여 고바야시의 말에 응했다.

자리를 옮긴 내실은 가이세키(약식의 만찬) 회식이 준비되어 있었다.

"자, 앉으시죠."

내실로 다섯 사람이 들어섰고 아키라가 상욱에게 자리를 권했다. 원래 고바야시의 자리였던 상석이 상욱에게 주어졌다.

사실 고바야시는 하나코의 이야기에 상욱과 비토리를 초청은 했지만 내심 큰 기대는 하지 않았다.

그런데 기세만으로 오노하 일도류의 고수를 물러나게 만든 상상 이상의 사람이 왔다. 자리가 미묘한 분위기로 바뀔 수밖에 없었다.

본래 고바야시는 신풍의 오노하 일도류와 인연이 없는 사람이다.

이번 일을 모의하며 미스비스 미야모토 회장과 담판을 지었고 그 과정에서 그는 미야모토에게 전후 사실을 말했다.

상처를 한 홀아비 고바야시는 안방으로 들이려는 여자를 조사하다가 흑주교와 아베와 정권의 연결 고리를 발견했다고, 사실대로 보고를 올렸다.

그 후부터는 일사천리로 일이 진행됐다.

신풍의 오노하 일도류 사무라이들을 소개와 함께 지원받았다.

여기서 문제가 발생했다. 오노하 일도류의 사무라이들은 자존심이 보통이 아니었다. 그들의 일에 용병이 끼는 것 자체를 수치로 여겼다.

고바야시의 입장은 난처했다.

일단 하나코의 입장도 고려해야 했다. 하나코의 추천으로 엘리시온의 사람을 초청했는데 물릴 순 없는 일이었다.

그 또한 미야모토에게 이 일에 전권을 위임받아 진행하며 아베와 가문과 척지는 꼬리를 남기고 싶지 않았다.

결과적으로 용병을 고용하는 데 물러설 입장이 아니었다.

따라서 지원을 나온 오노하 일도류의 수장 아키라와 이견이 있었다.

그리고 오늘 상황은 막장 전까지 치달렸던 것이다.

일단 상석에 상욱을 앉혀 놓기는 했는데 분위기가 묘했다.

그때 하나코가 나섰다. 그녀는 고바야시와 아키라를 제쳐 두고 상욱에게 먼저 술을 따랐다.

"은공, 초대에 응해 주셔서 감사합니다. 먼저 여러분들에게 은공을 소개해 드리겠습니다."

그녀는 상욱에게 고개를 숙이며 주인의 도리를 해 나갔다.

"은공의 성함은 박상욱 님으로 한국 쟁천의 어암서원에서 대내외적인 일을 총괄적으로 맡고 계십니다."

"어암서원!"

아키라가 그도 모르게 목소리가 올라갔다.

그는 신풍에서 이름이 낮지 않았다. 당연히 주변에서 들은 말도 많다.

어암서원은 한국에서 쟁천을 대표하는 가문 중에 엄지를

올릴 만한 곳이다.

그런 곳에서 내외적인 업무를 맡고 있다면 어암서원의 얼굴로 봐도 무방하다.

'이런 자가 왜?'

방금 보인 상욱의 무위가 이해가 되면서도 의혹을 감출 수 없었다.

"어암서원이 대단한 곳입니까?"

고바야시가 낮은 목소리로 맞은편에 아키라에게 물었다.

"현재 일본 신풍의 최고인 카토리 신도류와 위상이 같다고 보면 됩니다."

"그렇습니까?"

고바야시가 새삼스럽게 상욱을 봤다.

많아야 나이 서른 근처에 불과해 보이는 남자가 특정 집단의 대표 격이라니 놀랄 따름이다.

"이번에는 초청을 하신 저희 쪽 분들을 소개하겠습니다."

하나코는 작은 소란을 무시하고 말을 이어 갔다.

"고바야시 님은 저의 개인적인 제의를 받고 은인들을 초빙한 주체이십니다. 맞은편의 아키라 상은 오노하 일도류의 제2시범단의 단장님으로 계시며 대외 업무를 맡고 계십니다."

그녀는 말을 하는 도중에 소개하는 두 사람의 술잔에 술을 따랐다.

"그리고 비토리 님은 영국에서 오셨고 유서 깊은 가문의 지주 격인 분이십니다."

하나코는 세 사람을 소개할 때와 달리 비토리에게는 무릎 꿇은 자세에서 허리를 굽혀 공손하게 절을 했다.

그녀가 비토리를 얼마나 특별히 여기는지 알 수 있는 대목이었다.

"하나코의 소개가 끝났으니 주인으로 건배를 올리겠습니다. 건배."

고바야시가 선창을 하며 술잔을 들었다.

그는 일본 연회나 만찬의 독특한 예법을 그대로 따랐다. 그가 술잔을 비우자 상욱과 비토리도 따라 건배를 했다.

다만 하나코만은 오른손 엄지와 검지로 술잔을 잡고 왼손으로 술잔을 받쳐 마셨다.

이후 말없이 각자 몇 잔을 들었다.

"아까는 무례를 했소. 용병이라고 해서 낭객 정도로 알았소."

아키라가 먼저 입을 열어 사과하며 상욱의 술잔에 술을 따랐다.

"오해는 누구나 할 수 있소. 다만 군자君子라면 의당 소의 걸음같이 생각하고 표범처럼 움직일 일이오."

상욱이 화답으로 술잔을 건넸다.

"하하하, 젊은 분이 가진 무위만큼이나 언변이 좋소."

고바야시가 너털웃음을 터트리며 끼어들었다.

탁.

"무례하다, 주인님을 그따위로 취급하다니."

비토리가 술잔을 탁자에 거칠게 내려놓았다. 순간 술자리 분위기가 얼음장처럼 싸늘해졌다.

"혹 세월을 건너뛰셨습니까?"

아키라가 상욱에게 조심스럽게 물었다.

"세월이야 저기 비토리가 거슬렀소. 나야 아직 하세월何歲月은 아닙니다."

"아, 죄송합니다. 천등번신天登翻身, 아니 한국이나 중국에서 이르는 환골탈태 경지에 오르셨군요."

상욱의 말에 아키라가 자세를 고쳐 앉았다.

"그 정도야 이미."

상욱이 웃으며 답을 했다. 오해할 말이지만 환골탈태를 겪은 날이 2년 전이었다.

"천등번신? 텐노 카미나리[天雷] 신화에나 나오는 이야기 아닙니까?"

고바야시의 목소리가 떨렸다. 이 말이 사실이라면 규격 외의 존재와 마주하고 있는 것이다.

그는 허황된 말이라 얼떨떨하지만 신풍의 오노하 일도류의 칼과 방금 전 상욱의 기세를 본 이후라 반신반의했다. 그리고 대화를 유추했을 때 상욱의 나이가 겉모습에 비해 많다는 뜻이다.

툭. 툭.

그때 상욱이 오른손 검지로 탁자를 가볍게 두드렸다. 내실 안의 사람들 시선이 그에게 쏠렸다.

"왜?"

아키라가 궁금증을 표했다.

상욱은 좌우를 둘러보고는 검지를 곧추세웠다.

웅. 실과 같은 강기가 10센티미터가량 나왔다.

쩡.

단지 손가락을 까딱였을 뿐인데 그 앞의 술잔이 반으로 두 동강 났다. 그런데 술은 술잔의 형태를 유지했다.

꿀꺽.

고바야시의 목젖이 크게 움직였다. 그 옆의 사내가 손가락만 움직여도 죽은 목숨이 아닌가.

그는 덜컥 겁이 났다. 흑주교라는 늑대 무리를 잡기 위해 괴물의 등에 올라탄 것은 아닌지.

하지만 이내 마음을 다잡았다. 미야모토 회장으로부터 오노하 일도류 사람을 지원받은 순간 그는 이미 호랑이의 등에 올라탔다.

짧은 순간의 복잡한 생각은 아키라의 탄성에 깨졌다.

"아! 최극상의 시린젠텐(기의 폭발적 발현으로 한 일점강기一點剛氣)."

그가 그렇게 바라는 경지가 애들 딱지 패를 내밀듯 펼쳐졌다. 그의 턱이 반쯤 열렸다.

"스흡, 내가 쓸데없는 잡기를 보인 데는 이유가 있소."
잠시 침묵에 빠진 내실에 상욱이 술잔 형태를 유지하고 있는 술을 잡아 입에 털어 넣었다. 그리고 그의 목소리가 점령했다.
고바야시와 아키라의 시선이 다시 상욱에게 모여졌다.
"일을 도모하는 데는 추진력이 으뜸이오. 내가 이곳에 오기 전에 들은 말로는 흑주교와 연관이 된 일이라 들었소. 따지면 나라의 일과 연결되어 결코 작은 일이 아니오. 의당 일을 추진하려면 결정자가 필요한 법."
"박상욱 상께서 이번 일에 나서시겠다는 말입니까?"
아키라가 말을 끊었다. 그의 오른쪽 눈썹이 올라가 강한 불만을 드러냈다.
"나는 지금 같은 일 처리가 싫소. 분명 날 초대한 사람은 고바야시 씨고 그대와 난 그의 칼이 될 사람이오. 처음 그대를 봤을 때도, 이 자리에 와 앉을 때도, 지금도 마찬가지로 그대는 고바야시 씨보다 주인 자격을 행사하고 있소."
"그, 그건."
아키라는 당황했다.
상욱의 추궁은 계속됐다.
"아마도 그대는 고바야시 씨가 이런 일을 해 보지 않았기 때문에 주도적으로 나섰을 것이오. 하지만 우리 같은 사람은 머리와 손을 빌려줄지언정 머리끝에 서 있어서는 안 되오.

나와 그대가 행할 일은 결과로 말해 줄 뿐이오."

상욱이 돌려 말했지만 아키라는 고개를 숙여 그의 뜻을 수긍했다.

쉬운 말로 잔칫상에 낼 음식은 주인이 결정할 일이란 뜻이다. 괜히 식모 1에 해당하는 그가 나서서 잔치를 망치면 식모 2인 상욱이 가만히 있지 않겠다는 말이다.

"이 아키라는 이번 일의 주체가 전적으로 고바야시 상에 있음을 인정합니다."

아키라는 고바야시를 향해 허리를 숙이며 말했다.

그도 도 넘은 행사라 일말 꺼림칙했는데 상욱이 지적하자 곧바로 고바야시에게 사과했다.

더불어 고바야시가 초청한 상욱을 시험했던 일도 포함되어 있었다.

"아키라 상, 저 무른 사람이 아닙니다. 하지만 흑주교 건은 경험한 적이 없어 손을 놓고 아키라 상에게 미루고 있던 것도 사실입니다."

고바야시 역시 겸양했다.

그는 분위기를 망치고 싶지 않을뿐더러 그의 말처럼 상욱을 앞세워 익명성을 보장받고 싶었던 것이다.

상욱은 두 사람의 대화를 들으며 흡족한 표정을 지었다.

몇 마디 말과 행동으로 거추장스러운 걸림돌을 치웠다. 첫째는 오노하 일도류의 견제고 둘째는 일이 마무리되었을 때

표면에 남게 될 그의 존재까지.

이제 일의 순서만 정하면 됐다.

"크흠, 우선 박 상을 초빙한 이유부터 먼저 설명해야 앞으로의 계획까지 말씀드릴 수 있겠군요."

고바야시의 말은 본론으로 들어갔다.

상욱이 고개를 끄덕였다.

"이 사람 하나코 때문에 이시히 니와란 자의 뒤를 캤습니다. 그런데 그는 흑주교에서 중임을 맡고 있었습니다."

"그 후 이야기까지는 알고 있소. 흑주교 사람이 이도류 사람의 보호를 받고 있다고."

상욱이 설명이 길어지자 아는 바를 말했다.

"박 상이 모르는 부분이 있습니다. 이 말은 이 일이 끝날 때까지 비밀을 지켜 주셔야 합니다."

"알겠소."

상욱의 승낙에 고바야시가 말을 이어 갔다.

"테러를 일으킨 흑주교는 아베와 정권의 주적입니다. 그런데 이시히 니와를 경호하는 자들이 아베와 가문과 떼려야 뗄 수 없는 이도류라는 겁니다."

"호오, 스캔들로 몸살을 앓고 있는 아베와 총리가 빠져나갈 구멍을 흑주교가 만들어 주고 있다?"

"명석하십니다."

고바야시가 감탄했다. 한마디로 상욱이 본질을 꿰뚫었기

때문이다. 상욱은 이미 알고 있던 사실이지만.

어쨌든 고바야시는 열심히, 상욱은 다른 정보가 더 있는지 이야기를 계속 주고받았다. 결론은 다르지 않았다.

이시히 니와가 동경의 아키하바라 구 오피스텔에서 거주하며, 그를 보호하는 세 명의 이도류 고수를 처리하고 니와의 신병을 확보하는 내용이다.

'굳이 나까지 부를 이유가 있을까?'

상욱의 생각이 거기에 미치는데 고바야시의 설명이 그의 의혹을 풀어 줬다.

"오피스텔이 곤고구미[金剛組] 사테이카시라(두목과 형제를 맺은 야쿠자 두목급 명칭)인 오오카미 소유입니다."

"그래요."

"그 건물에 야쿠자가 150명이 넘습니다."

"그 야쿠자들 중에는 한국의 쟁천과 비교해 2, 3류 수준에 이른 자들도 몇 있습니다."

아키라가 고바야시의 말을 거들었다.

"야쿠자 중에 무사들이 있다고? 참 나, 쩝"

의외의 상황에 상욱은 입맛을 다셨다.

"야쿠자를 뚫고 들어가는 일이야 쉽습니다만, 신도류의 큰 제자와 엮일 가능성이 있습니다."

아키라가 말을 받아 이어 갔다.

"신도류라……. 재미있군요."

상욱이 턱을 만지며 한국말로 중얼거렸다.

"네?"

"아니오, 혼잣말을 했소. 그럼 어찌하면 좋겠소?"

궁금해 묻는 아키라에게 상욱이 반문했다.

"원래 계획은 오피스텔 입구에서 박 상이 소란을 피우고 이시히 니와의 도주를 유도하는 것입니다. 그럼 저희는 도주 예상 경로에서 대기하다가 이시히 니와를 잡고."

"타초경사打草驚蛇."

상욱이 일하며 자주 쓰고 좋아하는 수법이다.

"글쎄, 여기서는 좀…… 너무 속이 들여다보이는군."

"확실히 박 상의 입장에서는 맘에 들지 않는 작전이죠."

아키라가 말했다.

"요즘 이시히 니와는 오피스텔에서 꿈쩍도 않는 것이오?"

상욱이 상황을 더 파고들었다.

"쥐새끼처럼 숨어서 오피스텔에서 나오지 않고 있소."

"하나코 씨를 통해 오피스텔 밖으로 불러내 보지 그랬소?"

"그것도 시도했습니다. 한 차례 약속을 잡으려고 했으나 오피스텔로 오라며 요지부동이었습니다."

"원래대로 갑시다. 대신 토끼몰이보다는 늑대 무리를 치웁시다."

상욱이 확신을 내리며 말했다.

"그럼 야쿠자를 다."

오른손 엄지로 제 목을 앞을 긁는 아키라다.

“난 주먹보다 머리를 쓰기 좋아하는 사람이오, 괜한 피를 보고 싶지도 않고. 아무튼 내일과 모레 그 오피스텔을 둘러보겠소.”

상욱은 여유를 잡고 아키라와 고바야시를 보며 말했다.

“야쿠자가 건물을 비우게 하는 일을 전적으로 박 상께서 맡으시겠다니 든든합니다.”

아키라가 에둘러 상욱에게 귀찮은 일을 더 맡겼다.

잠시 생각을 하던 상욱이 고개를 끄덕여 승낙했다.

“그럼 마지막으로 흑주교 문제가 종료됐을 때 보상 문제를 논의하겠습니다.”

고바야시가 말을 끊고 아키라를 봤다.

아키라도 고바야시를 보며 고개를 미미하게 끄덕였다.

확실히 이 부분이 짚고 넘어야 할 큰 산이었다. 예상보다 초청된 사람이 너무 거물이라 답을 내놓기가 쉽지 않았다.

또한 금전적인 문제를 떠나 고바야시와 아키라 두 사람은 미야모토 회장과 오노하 일도류의 수장 이치루 총관장에게 보고할 사안이었다.

“잠시 나갔다 오겠습니다.”

“저 역시.”

아키라와 고바야시가 차례로 상욱에게 양해를 구하고 일어났다.

카키바 입구로 나간 아키라는 휴대전화를 열었다. 단축 번호 0번을 누르고 한참을 기다렸다.

—아키라 군.

건너편에서 그의 이름을 불렀다.

"네, 아키라입니다. 보고할 일이 있어 전화드렸습니다."

—미스비스의 고바야시 건에 무슨 일이 생겼나?

"네. 한국의 어암서원 사람이 용병으로 왔습니다."

—어암서원. 그렇다 해도 그것이 문제 되나?

"시린젠텐을 자유자재로 구사하는 기인입니다."

—자세히 말하라.

오노하 일도류 총관장 이치루의 목소리가 커졌다.

"술자리에 앉아 검지만으로 시린젠텐을 유지해 술잔을 잘랐습니다."

—그 정도라면 쟁천 5성급의 밑이군.

"그게 끝이 아닙니다. 술잔 안의 술이 그 형태를 한동안 유지했고 자연스럽게 대화가 있었습니다."

—으음.

이치루가 신음을 토하며 잠시 말이 없었다.

"총관장님?"

—음, 그래. 내 잠시 딴생각을 했네.

"무슨?"

—3개월 전 한국에 방문했을 때 기이한 소문을 들었다. 쟁천의 10문

10가에 불청객이 찾아와 사람들 몰래 주인들을 불러내 하나씩 꺾었다고 말이야.

“그럴 수 있습니까? 쟁천의 5성이면 신풍의 텐노 가카나 세 분과 같은 위상인데…….”

–아마도 그자, 5성 위에 뜨는 해라는 성상홍일星上哄日 같다.

“성상홍일요? 하지만 용병 일을 자처하기에는 격이 맞지 않습니다.”

–규격 외 존재들은 범인과 여러모로 다르다. 일단 무리한 요구가 아니면 들어주고 옆에서 잘 지켜봐라.

“알겠습니다.”

–그리고 오피스텔에서 이시히 니와를 잡아들이기 전에 그자가 움직이면 보고하라. 내가 그자를 지켜보겠다.

“네.”

탁.

띠이이이.

전화가 끊기자 아키라는 다시 내실로 돌아갔다. 바의 한쪽으로 갔던 고바야시도 통화가 끝났는지 그의 뒤를 따라 들어왔다.

그 후 내실에서 상욱에 대한 보상이 거론되었다.

딱히 원하는 것이 없는 상욱이다. 이시히 시로가 목표인 그는 원만한 금액에서 마무리를 지었다.

그렇게 그날 밤은 깊어 갔다.

다음 날 오후.

상욱은 차돌석을 만나고 있었다.

"아키하바라 극도오피스텔이라고 했습니까?"

"그렇소."

차돌석이 귀를 의심하며 상욱의 말을 되물었다.

"참 다방면으로 손을 뻗치는구려. 음양사에 이어 이번에는 야쿠자라니. 그놈들이 어떤 놈인지 알고 있소?"

"곤고구미의 깡패 새끼."

"참 나, 야쿠자가 어떤 놈들인지 알고 있소?"

"양아치들."

"그 뭐냐, 환상 뭐 그런 것 만드는 것하고는 질이 다르오. 한때는 경찰에게 수류탄까지 던지는 놈들이오."

"겁먹었소?"

상욱이 피식 웃었다.

"한국에서 와 잘 모르는 모양인데 곤고구미 놈들은 정말 악질이오. 표면적으로는 사업가 행세를 하고 있지만 마약, 청부 살인, 장기 매매는 기본이오. 그들 중 오야붕과 같은 사테이카시라 오오카미 놈이 그 오피스텔 건물주요."

차돌석이 목에 핏대를 올렸다.

"끓는 장에 손을 담그자는 것도 아니고 간 보는 정도인데 뭐 어떻소."

"하-아."

차돌석이 긴 숨을 내쉬었다. 우려가 현실로 바뀌었다.

그는 상욱의 능력을 인정했다. 눈앞에 이 사내를 따라간 고베의 롯코산에서 이적 같은 슈를 보고 간담이 큰 그도 지리기 일보 직전까지 갔었다.

하지만 진陳을 깬 것 역시 술법이라고 여긴 탓에 상욱의 행보에 우려했다.

이유도 있다. 그 역시 내공을 몸에 싣는 한가락 하는 주먹이었지만 솔직히 술법은 미심쩍었다. 인간이야 정신을 현혹해 환상을 심는다지만 총알은 일직선 관통이 아닌가.

"이보세요, 차돌석 씨. 얼굴 팔릴 일은 내가 갑니다. 몇 가지 일만 하면 됩니다, 전날처럼."

차돌석은 일단 상욱의 말에 고개를 끄덕였다.

사실 롯코산에서 그가 한 일이라고는 소문 좀 들은 것과 등산이 전부였다. 요 며칠 겪어 보니 딱히 허언을 하는 상욱도 아니었다.

"내일부터 오오카미? 뭐 한국말로 늑대, 그 인간 오가는 동선만 짭시다. 부탁합시다."

상욱이 일어나며 봉투를 내놓았다.

차돌석은 상욱에게 살짝 길들여지는 느낌에 주먹에 힘이 들어갔지만 봉투에 손이 가는 것은 어쩔 수 없었다.

이상문에게 일을 맡긴 인간치고 따로 보수를 챙겨 주는 사람은 손가락 엄지와 검지를 꼽았다. 고작해야 한둘.

어쨌든 봉투를 열어 보니 달러였다. 보기 힘들다는 1만 달러로 열 장. 크다면 크고 작으면 작은 돈이다.

이 돈이면 애들이 가진 막힌 가정사를 풀어 줄 수 있다.

차돌석이 봉투를 꽉 쥐었다.

"씨부랄."

그는 상욱이 나가고 없는 지금 거칠게 욕했다. 이제 뭘 시켜도 거절하기 힘든 자신의 처지에 대한 분노였다.

벌써 이레째였다.

차를 빌리고, 기름값과 밥값은 상욱이 꾸준히 대 줬다.

차돌석이 그의 팀과 하는 일이라고는 세 대의 차를 교차해가며 곤고구미의 오야붕 오오카미 뒤를 쫓는 것이 전부였다.

시간별로 행선지를 체크했다.

그 시간이 쌓이자 습관이 드러났다. 커피였다.

오오카미는 이틀에 한 번 점심 식사 후 커피를 마셨다. 같은 장소에서 사람을 물리고 커피를 즐겼다.

또 사흘에 한 번 곤고구미 야쿠자들의 구역을 돌며 업소에서 상납받은 돈의 일부를 부하들로부터 수금했다.

그러자 상욱은 차돌석에게 오오카미의 동선을 완전히 맡기고 여행을 떠났다.

도쿄 근교 에노시마항.

넓은 해변과 항구는 일본 제1의 요트 정박장이다.

상욱은 이 에노시마 항구가 내려다보이는 콘도에서 바흐의 음악을 서라운드로 들으며 심연에 잠겼다.

그는 지금 도가의 절대 경지 천관天貫을 향해 달렸다.

그 경지는 도와 같아 비상비비상이라 했다. 달리 천명天命이라 일렀다. 삶의 큰 지혜가 깨달음과 만나는 순간이 천명이자 천관이라 했다.

도가의 이치를 말로 풀이할 수 있다면 이 또한 도가 아니라며 황해가 웃으며 한 말이다.

무공으로는 상욱에게 미치지 못하나 한 평생을 도통을 위해 산 도인의 철학이다.

상욱은 틀린 말이 아니라 보았다.

황허지경에 이른 지난 반년 이래로 상욱은 천관이란 우연한 조우를 위해 숨과 땀 하나에도 의미를 부여했다.

세상에 다가가는 관점도 제법 다채로웠다. 그중 하나가 흐름이었다.

요즘은 그 흐름을 찾다 보니 클래식 음악에 푹 빠졌다.

특히 그가 사랑하는 바흐의 음악은 흐름을 대표하고 있다.

독립성이 강한 두 개 이상의 멜로디가 동시에 결합된 대위법이 가득한 곡들은 아름다운 음과 한 박자마다 화음을 달리하는 진행을 보여 줬다.

물론 상욱이 원래부터 클래식 음악을 좋아한 것은 아니다.

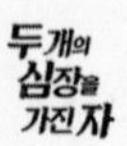

이 흐름을 발견하고 좋아하게 된 것은 우연한 계기였다.

상욱은 걸어서 20분 출퇴근 거리를 차로 움직였다. 특임대 특성상 출동 시간과 거리가 일정치 않았기 때문이다.

그때 가끔씩 비트 빠른 음악을 들었다. 어느 날 무술의 기본인 살랏이나 크라브마가 그리고 권투 등의 동작들을 떠올리다가 비트 빠른 리듬에 실리자 그 흐름이 일치했다.

생소한 경험이었다.

음악과 무술의 조화 그리고 의식의 흐름.

그 후부터였다. 육체의 한계를 훌쩍 뛰어넘은 상욱이라 음악을 통한 심상 훈련이 오히려 재미로 다가왔다. 그 끝이 지금의 클래식 음악이었다.

많고 많은 음악 중에 그가 바흐를 택한 이유가 있었다.

바흐의 대위법 연주는 파트로 분할되어 여러 악기가 동원해야 가능하다.

여기서 대위법이란, 쉬운 표현을 빌리자면 단선율인 사람의 목소리 소프라노, 알토와 같은 각각의 성부가 고유의 화음을 넣어 제각기 부른 노래가 어우러진 것이다.

이것은 교회 음악을 중심으로 발달했고 나중에는 관현악의 향연처럼 여러 악기가 어우러졌다.

따라서 이 대위법의 대표인 바흐의 음악을 한 박자에 두세 개의 화음을 기타에 담긴 힘들다. 당연히 바흐의 음악을 위한 이 기타의 운지법은 가장 고난도 기법으로 두 손은 여러 가지 행위를 동시에 행했다.

상욱은 그의 모든 무공을 바흐의 음악을 기타로 표현하듯 일치시켰다.

어린 시절 몸이 익혔던 거병연수 육자결去病延壽六字訣과 활인심방活人心房 그리고 군부의 일기통천록, 또한 작년을 기점으로 큰 성장을 하게 된 중국의 무공과 에블리스의 권능이자 살육의 기술인 피의 전율이 바흐의 음악을 통해 그 경계가 허물었다.

하지만 그것은 능숙함과 자연스러움에 불과했다.

심상 수련은 무武의 끝을 향하고 있었지만 하늘을 여는 천관과는 차이가 났다. 무위가 성장했을지언정 완연한 초월 상태와는 거리가 있었다.

상욱은 좀 더 깊이 침잠했다.

그러자 세상이 바뀌었다. 흰 공간에 그만 홀로 서 있었다.

'의식 안인가?'

상욱은 어릴 적 기억이 떠올랐다.

악마에게 시달리기 직전 순백의 의식, 자아의 아래에 깊숙이 숨겨진, 가늠하기도 힘든 자아의식에 다시 들어왔음을 느꼈다.

그때와 달리 지금은 그의 의지에 의한 입정入定의 자각이란 점이 달랐다.

의지는 곧 가능성이었다.

상욱은 흰 자아의식 안에서 바라 마지않던 마왕 에블리스 이상의 권능을 부렸다.

그의 주먹은 하늘과 땅을 바꾸었다. 한 번 구른 발은 하얀 의식의 방마저 흔들었다.

정신 안에서 신이 부럽지 않은 각성의 순간 상욱의 육체도 변화를 시도하는 중이었다.

마왕 에블리스의 기억을 전이받으며 인간의 영역을 벗어난 뇌의 활동이 영역을 넓히면서 두정이 활짝 열렸다.

인간의 육안으로 보이지 않는 하늘과 통로가 열렸다.

으드득.

제일 먼저 가슴뼈가 벌어졌다.

자마트라가 변한 상욱의 가슴에 제2의 심장이 벌떡여 공간을 밀어냈다. 두정을 통해 들어온 기운은 마나를 초월한 에테르로 마나의 모든 성질이 담겼다.

검은 심장은 단단하고 질기기가 전가보도傳家寶刀처럼 무쌍해 가슴뼈를 밀어냈다.

이도 잠깐, 심장은 400그램 내외의 정상으로 돌아왔고 경추부터 요추를 거쳐 미추까지 틀어졌다가 호랑이 등뼈처럼 유연하게 결속됐다.

이어 척추 직립근이 칡뿌리처럼 세워졌다.

환골탈태의 변이가 일어났지만 이미 인간으로 완벽한 신체를 지닌 상욱이기에 그 의미는 미미했다.

다만 가슴 앞으로 검은 심장으로 밀려들었던 에테르가 넘쳐 붉은 수은 형태로 흘러 내려가 상욱의 단전을 잠식했다.

이것이 한동안 금빛 내단과 힘을 겨루더니 혼돈의 상태로 일그러져 주홍빛을 띠었다.

일순 커다란 혜성이 상욱의 머리 위로 내려앉아 두정의 통로가 활짝 열렸다. 그런데…….

"허-억."

상욱이 엄청난 들숨을 빨아들였다.

일순간 정신이 현실로 돌아왔다. 그의 마음은 아쉬움이 가득 찼다.

"정, 정말 아름다웠습니다."

옆에 있던 비토리가 흔들리는 눈으로 말했다.

"왜 그랬지? 보고 느낀 것이 있었을 텐데?"

상욱이 화가 나기도 어이가 없기도 한 기이한 눈으로 비토리를 봤다.

"이, 이틀을 움직이지 않고 계셨습니다."

비토리는 떨며 말했다.

"이틀이라……."

"어제는 너무나 황홀한 모습을 보여 주셨습니다. 저를 녹일 빛이 주인님에게 뿜어져 나왔습니다. 그리고 하루가 지나자 걱정이 됐습니다. 가슴을 시작으로 온몸이 비틀리더니 육체를 재구성했습니다. 그런데, 그, 그런데 하늘과 통로를 여셔서…… 전, 저는 주인님이 이대로 지구에 남지 않고 초월적, 아니 신이 되어 버리시는 줄 알았습니다."

"휴-우."

다시 상욱이 한숨을 내쉬었다.

천관지경이 눈앞이었는데 이 어리석은 것은 소유욕을 버리지 못했다. 지금도 이글거리는 눈빛은 그에 대한 탐욕에 목말랐다.

"죄, 죄송합니다."

비토리가 고개를 숙였다.

그녀는 상욱이 진짜 신이 될까 봐 상욱을 흔들어 깨웠다.

어이가 없고 화가 난 상욱이었지만 일편으로는 비토리의 선택이 옳을 수 있어 다른 행동을 취하지 않았다.

우화등선.

천관을 훌쩍 넘어 신선과 같이 된다?

이렇게 되면 탈각을 해 육신은 땅에 남고 정신은 다른 곳으로 간다. 막연하면서도 중력의 법칙처럼 불변의 감성으로 다가왔다.

상욱은 앉은자리에서 일어났다.

이제 황허에 발을 걸쳐 놓고 순식간에 너무 멀리 왔다. 영혼의 크기가 성장했고 두정이 크게 열려 영규靈圭가 예전과 비할 바 아니다.

'이거면 됐다.'

그는 미련을 털어 버렸다.

"잠시 낸 짬인데 이틀이면 도쿄로 돌아가야겠군."

상욱은 비토리를 보며 아무렇지 않게 말했다. 그러고 보니 비토리도 변화했다.

카르마만 가득했던 그녀의 육체에 에테르가 들어차 있었다.

당장 그녀에게 일어난 변화는 없었다. 아마도 상욱의 검은 심장으로 에테르가 흡수되는 과정에 전달이 된 모양이다.

"나쁘지 않군."

상욱이 중얼거렸다. 점차적인 비토리의 진화가 예상됐다.

"네?"

"아니다. 그나마 오늘 하루는 시간이 있으니까 에노시마 해변에서 요기하고 걸어 볼까?"

"네, 네."

비토리의 얼굴이 밝아졌다.

상의를 걸친 상욱의 왼팔은 비토리의 차지였다. 그날 밤 내내.

풀을 건드리면 뱀이 나온다

비가 오는 날 맨살이 닿아 끈적이면 불쾌감이 올라간다. 거기다 부쩍 더운 날 남자끼리 살결이 비벼지면 짜증은 배가 될 일이다.

오오카미가 딱 그랬다. 커피 한 잔 마시려다 기분이 왈칵 상했다.

막 올라탄 엘리베이터 안은 좁아 터졌다. 지하 식당에서 탔는지 사내 넷이 이쑤시개로 입을 쑤셔 대며 시시덕거렸다.

입 냄새와 끈적이는 날씨에 사내놈 옆에 서자 절로 미간이 찡그려졌다.

“어이, 회장님이 불편해하신다. 너희들 구석으로 가라.”

그의 마음을 헤아린 부하가 그 옆의 젊은 사내를 툭 치며 손짓을 했다.

잠시 엘리베이터 안이 조용해졌다.

오오카미 쪽은 다섯이고 야쿠자 표시가 물씬 풍겼다. 큰 덩치에 울긋불긋한 화려한 문신이 위압감을 줬다.

사내 넷은 엘리베이터 벽 거울 쪽으로 붙어 섰다.

우웅.

팅.

곧 엘리베이터는 3층에 도착했다.

오오카미는 엘리베이터에서 내리면서 사내들을 쑥 훑어봤다. 무심코 탔을 때는 몰랐는데 덩치 큰 사내들이다.

그가 뒤돌아서서 내리는데 '양아치 새끼'라는 작은 중얼거림이 들렸다.

부하들 역시 그 말에 멈추며 돌아섰다.

탕-.

"어떤 놈인가?"

부하 중 하나가 엘리베이터의 안전 턱을 거칠게 밀며 말했다.

"무, 무슨 소리요?"

앞쪽의 사내가 말을 더듬었다.

"요~오 이 무른 것들을 붕어 식혜로 그냥."

짝!

야쿠자 사내는 앞의 사내의 뺨을 오지게 날렸다.

"크윽."

팅.

젊은 사내의 신음과 함께 엘리베이터가 닫히는 신호음이 들렸다. 그러자 그 야쿠자는 빰 맞은 젊은 사내의 머리를 잡고 문밖으로 끌어당겼다.

"으윽."

덜컹.

신음과 함께 사내의 몸이 엘리베이터 안전 턱에 걸려 멈췄다. 다른 야쿠자들도 합세해 안으로 들어갈 태세다.

"그만."

오오카미가 부하들을 멈춰 세웠다.

평소 같으면 덴푸라로 만들었을 놈들이다. 그러나 지금은 그가 인생에 유일한 낙을 즐기는 시간이다. 비록 루왁 커피 한 잔이지만 그가 스스로에게 주는 삶의 선물이다.

그것도 이틀에 한 번꼴로 마시는 단골 커피숍 앞이라 이성의 끈을 휘어잡았다.

"네. 죄송합니다, 회장님."

머리채를 잡고 있던 사내가 손을 털곤 허리를 깊숙이 내렸다.

"가자."

오오카미가 몸을 돌리자 또 욕이 들렸다.

"양아치 새끼들 맞네."

"어떤 놈이냐?"

그는 모욕을 참을 수 없었다. 직접 나서서 엘리베이터 버튼을 눌렀다.

엘리베이터 안의 젊은 사내들이 좌우로 물러섰다. 그들은 머리를 흔들어 구석의 사내가 일행이 아니라고 적극적으로 표시했다.

오오카미의 시선이 구석에 사내에게 맞춰졌다.

2미터 장신의 거구 사내가 서서 그에게 어떻게 할 건데라는 눈빛을 던졌다.

"새 장사(형사)냐?"

야쿠자에 시비를 걸 놈은 딱 두 부류다. 형사 아니면 동종업자. 단정한 복장과 옷 그리고 인상이 그와 경쟁업체 직원은 아니다.

"전에는 그랬지."

"용건은?"

"이 빌딩에 일이 있어 왔는데 양아치가 보여서."

"전직 형사라고? 내장이 외출하고 싶은가?"

"사양하지, 양아치."

상욱이 엘리베이터 앞으로 나서며 말하자 오오카미가 한 발 물러났다. 그사이 상욱이 닫힘 버튼을 눌렀다.

엘리베이터가 서서히 닫혔다.

그러자 오오카미의 얼굴이 붉어졌다. 키 크고 덩치 큰 놈이 불쑥 다가오자 겁먹었던 것이다.

탁. 탁. 탁.

그보다 야쿠자들이 열 받았고 그중 하나가 엘리베이터 버튼을 거칠게 눌렀다.

닫히던 문이 열렸다.

그리고 발이 튀어나왔다. 안으로 뛰어 들어가려는 야쿠자의 가슴을 상욱의 발이 마중 나왔다.

퍽.

“크르륵.”

“어어어.”

가슴을 차인 야쿠자가 뒤로 나뒹굴며 일행을 덮쳤다. 그중에는 오오카미도 포함되어 있었다.

“어이쿠, 크윽.”

오오카미는 넘어져 허리를 짚었다.

야쿠자 네 명 뒤에 선 그다. 60대 중반이 아무리 강건해도 덩치들의 무게를 감당하기에는 무리였다.

“회, 회장님.”

야쿠자들이 벌떡 일어나 오오카미를 챙겼다.

“저, 저 새끼 잡아!”

오오카미의 눈에 핏발이 서 엘리베이터를 가리켰다. 야쿠자들이 엉킨 사이 엘리베이터 문은 닫히고 위로 올라가 버렸다.

"으아아!"

오오카미의 고함이 3층에 쩌렁쩌렁 울렸다.

"그놈 죽여 버리겠다! 애들을 불러라, 애들을!"

그의 발광은 계속 이어졌다. 야쿠자들은 오오카미의 격한 반응에 의아했지만 둘은 계단으로 올라가고 하나는 전화를 들고 연락을 취했다. 남은 놈은 상욱의 발에 차여 떡 실신 중이었다.

"으드득."

자리에서 일어선 오오카미가 이를 갈았다.

부하들은 그가 넘어지자 그를 챙기기 바빴다. 오직 그만이 엘리베이터가 닫히기 전 사내가 한 입 모양을 보았다.

사쿠라.

야쿠자를 이를 때 금기되는 말이다. 본래 야쿠자는 8, 9, 3을 합한 20은 하나후다(화투)에서 쓸모없는 숫자다. 그 숫자를 배열한 389가 사쿠라와 동음이다.

본말은 사쿠라니쿠고, 소고기로 둔갑한 말고기를 이르는 비속어다. 쓸모없는 야쿠자란 단어도 약이 오르는 판에 무늬만 건달이란 뜻이다.

엘리베이터에서 계속 양아치라고 지껄인 놈의 말에 더해 사쿠라가 가슴에 쐐기로 박혔다.

그러거나 말거나 상욱은 바로 위층에서 내리며 10층까지 엘리베이터 버튼을 다 눌렀다.

남은 젊은 사내들은 어어 하며 손가락을 들었지만 쫓지 못했다.

상욱은 곧장 화장실로 갔다.

거기에서 흑주교에서 만든 창조공간에서 상하의를 꺼냈다. 그 순간 그의 키는 20센티가 줄었다. 작아진 키만큼이나 인상도 유순하게 변했다.

운동복을 입고 창조공간에 입던 옷을 넣고 화장실을 나오자 야쿠자들이 화장실을 덮쳤다.

쾅. 쾅. 쾅.

야쿠자 둘이 화장실 문을 거칠게 밀었다.

빈 공간을 확인한 그들은 흉흉한 눈으로 손을 씻는 상욱을 위아래로 훑어보고 나갔다.

피식.

그의 입매가 비틀렸다. 오늘은 오오카미의 머리에 냄비를 올리고 라면 좀 끓여 줄 생각이다.

그날 늦은 오후.

부슬부슬 내리는 이슬비는 일본이나 한국에서도 봄가을이 아니면 좀처럼 보기 힘들다.

오오카미는 오후가 다 지나도록 이슬비가 내리자 어금니를 꽉 깨물었다.

점심때 당한 모욕에 분이 안 풀렸다. 그렇다고 사흘에 한

번 나서는 수금을 멈출 수는 없었다.

그가 나와바리에서 영업을 못 한 경우는 딱 세 번이다. 아버지, 어머니가 돌아가셨을 때와 결혼식 날이었다.

나와바리가 커져 구역을 부하들에게 분배했고, 수금은 사흘에 한 차례 부하들에게 했지만, 그에겐 극도極道로써의 자긍심이다.

그런 그가 짜증이 났다.

"뭔가?"

차가 제자리에서 한참을 멈췄다.

"앞에 사고가 났습니다. 곧 빠집니다, 회장님."

앞좌석에 탄 그의 비서 겸 보디가드 우마에의 말에 그는 창밖으로 고개를 돌렸다.

"저, 저놈."

점심 때 그에게 모욕감을 준 사내가 우산을 쓰고 천천히 걸어갔다.

"무슨 일입니까?"

우마에가 뒤돌아보다가 오오카미의 시선을 따라갔다.

"오진보 나메루!"

거친 욕이 터지고 우마에가 차에서 튀어 나갔다.

그는 걸어가는 사내의 어깨를 짚고 주먹을 날렸다. 그러나 그의 주먹에 걸려야 할 사내의 얼굴은 딱 손가락 한 마디 사이를 두고 스쳐 지나갔다.

우마에는 예상이라도 한 듯 숙여진 상체를 그대로 밀고 상욱의 하체로 태클을 들어갔다. 전형적인 레슬링 기술이다.

퍽-.

묵직한 소리와 함께 우마에가 뚝 멈춰 섰다. 그의 턱이 상욱의 왼 무릎에 박혀 있었다.

상욱이 한 걸음 물러나자 우마에는 눈에 흰자위만 남고 스르륵 무너졌다.

"칙쇼."

욕설과 함께 짧은 일본도를 든 사내가 상욱에게 달려왔다.

오오카미의 운전기사이자 곤고구미 최고의 칼잡이 쇼헤이는 칼집을 버리고 상욱의 5미터 앞에서 날았다.

2미터 가까운 도약력과 함께 오른손이 야구 투수의 팔처럼 젖혀졌다. 이어 내려치는 70센티미터의 중도中刀는 빛살을 무상케 할 정도로 빨랐다.

"제법."

상욱의 눈에 이채가 어렸다.

쟁천에서도 절정에 가까운 손 속이었다. 나이도 그와 비슷한 자가 이만한 실력을 갖고도 야쿠자 소속이다.

그러나 관심은 찰나였다. 벼락 같은 검의 속도와 궤적에 맞춰 왼발을 축으로 오른발이 원을 그리며 돌아섰다.

이 간결한 회피 동작으로 쇼헤이는 상욱을 지나쳤고, 상욱은 쇼헤이의 뒤를 잡았다.

하지만 상욱을 지나친 쇼헤이의 공격은 끝이 아니었다. 땅을 향한 중도가 쇼헤이의 손을 떠나 빙그르 돌더니 역수로 쥐어졌다.

휘익.

중도는 가속이 붙어 반원을 그렸다. 그 궤적 끝에 상욱의 턱 끝이 있었다.

이번에는 상욱이 허리를 직각으로 눕히는 큰 동작으로 피했다. 그렇게 1초도 되지 않는 짧은 공방이 지났다.

돌아선 쇼헤이의 얼굴은 돌처럼 굳었다.

야쿠자에 식객으로 와 있지만 그는 카토리 신도류의 12사범 중 한 명이다. 신도류의 마지막 검 팔신지태도八神之太刀를 제외한 신집지태도神集之太刀까지 극에 이렀다.

그런 그가 비록 표지태도表之太刀의 일수에 불과했지만 기를 폭발시킨 일점강기 사린젠텐까지 썼는데도 상대는 여유를 가졌다. 꼭 필요한 만큼의 동작으로 회피했다.

눈앞의 사내는 점심때 사테이카시라인 오오카미에게 모욕을 준 전직 형사로 알고 있는데, 말도 안 되는 수작이다.

신풍의 한 문파에 있는 고수가 틀림없다.

"어디서 온 자냐? 오노하 일도류냐? 아님 닌자?"

쇼헤이가 도첨을 상욱의 미간으로 올리며 물었다.

"왜 음양료는 빼놓는가? 가마 가키."

틱-.

상욱은 답하며 주문과 함께 손가락을 튀겼다. 그와 동시에 오른손 검지에 백열의 불꽃이 올라왔다.

"화마화기火魔火氣!"

쇼헤이가 새된 목소리로 중도를 거두고 빠르게 물러났다.

퍽. 퍽.

쇼헤이가 있던 곳에서 귀화가 피었다.

"까-악!"

길 가던 여자의 비명이 터졌다.

쇼헤이는 영리하게도 사람 사이로 몸을 피했다.

그 여자는 새파랗게 날 선 쇼헤이의 중도에 놀라 호들갑을 떨었다.

"훗."

상욱이 그런 쇼헤이를 보며 비웃었다.

그는 몸을 돌려 길가에 선 오오카미가 탄 차로 향했다. 늙은 야쿠자를 보호하려는 놈이니 돌아오지 않을 수 없는 일이다.

쇼헤이는 상욱의 목표가 명확해지자 어금니를 꽉 깨물었다. 그리고 땅을 박찼다.

상욱은 뒤쪽에서 느껴지는 기파와 음양술의 슈가 만족스러웠다.

그는 전날 에노시마항에서 천관지경을 엿보며 영규가 통한 바가 있다.

전에는 슈를 부릴 수는 있으나 억지를 피우는 딱 그 수준이었다. 굳이 표현하자면 화장실에서 볼일 보며 식사할 수 없는 그러한 거슬림이 있었다.

그런데 그 후로는 슈의 완성으로 몸에 입은 잠옷같이 편해졌다.

한편 오오카미는 차에서 내리며 한 수에 곤죽이 된 우마에와 멀찍이 몸을 피하는 쇼헤이를 봤다.

그는 급히 서둘러 운전석으로 가 트렁크를 열었다. 호신용 총이 그곳에 있었다.

"뭘 찾나, 양아치."

상욱이 트렁크에 오른손을 올려놨다.

오오카미는 양손으로 트렁크를 열려다 말고 상욱을 봤다. 아니, 그 뒤에서 상욱의 왼쪽 어깨를 베는 쇼헤이에 고정됐다.

"가마 쥬텐노 이키유이. 핫-."

그때 상욱이 슈를 읊었다.

그의 등 뒤로 투명한 백열의 막이 생성됐다.

탱.

쇼헤이는 중도가 그 막과 부딪치자 단단한 바위를 맨손으로 쥔 쇠몽둥이로 전력으로 때린 듯한 반발력을 받았다.

그의 손아귀가 찢어지고 중도는 손을 벗어났다.

챙그랑.

아스팔트에 중도가 떨어져 쇳소리를 냈다.

광대뼈로 올라가던 오오카미의 입이 벌어지고 쇼헤이의 눈이 동그랗게 변했다.

“진마?”

음양사의 최고봉 위치인 천장과 식신을 제외한 상위 등급을 지칭하는 진마가 쇼헤이 입에서 튀어나왔다.

외마디 말과 달리 그는 빠르게 물러섰다.

하지만 반걸음도 못 갔다. 그의 몸이 상욱의 슈에 걸려 꼼짝을 못 했다.

“신도류인가? 제법 칼질을 한다만 사람들 앞에서 설칠 정도는 아니군.”

“큭, 큭.”

상욱이 말하는 동안 쇼헤이의 발끝이 들려 신음을 토했다.

퍽.

“크흑.”

상욱은 그 혼잣말을 끝으로 주먹으로 쇼헤이의 명치를 때렸다.

쇼헤이는 허리를 접고 주저앉았다.

그리고 상욱은 돌아서서 오오카미의 뺨을 툭툭 때렸다.

“어이, 양아치, 왜 괜한 사람에게 시비야?”

반쯤 동상이 된 오오카미의 얼굴은 붉다 못해 검게 변했다.

우지직.

상욱은 그런 오오카미를 밀치고 차 트렁크를 꾹 눌러 찌그러트렸다.

“보고 싶지 않은 이따위 얼굴을 자주 들이밀면 나도 생각이 달라진다고. 다음에는 혹시 만나더라도 알은체 마라, 죽는 수가 있어.”

상욱이 얼굴을 오오카미 코앞까지 다가가 말했다.

오오카미는 그도 모르게 고개를 끄덕였다.

상욱은 인도로 올라가 우산을 들고 구경하던 사람들 속으로 사라졌다.

“으아아아!”

오오카미는 분노에 고함을 질렀다. 상욱이 완전히 떠난 1분 후에.

그때서야 구경하던 사람들이 분분히 흩어졌다.

극도오피스텔.

늦은 저녁이 지나 자정이 되어 가는데 오피스텔 전체가 형광등 하나 꺼지지 않은 불야성이다.

그 중심에 오오카미가 있었다.

그는 그의 나와바리 아키하바라에서 젊은 놈에게 모욕을 한 번도 아닌 두 번이나 당했다.

머리를 빡빡 민 중학교 때도 맞지 않았던 뺨까지 맞았다.

도쿄 야쿠자 사이에 소문이 쫙 퍼져 얼굴을 들고 다닐 수 없게 됐다.

그래서 대강당을 방불케 하는 회의실에 곤고구미 전 조직원이 모였다가 빠져나갔다.

그것이 4시간 전이다. 평소 150명에 불과하던 야쿠자 숫자가 500명을 넘어섰다. 추종 세력까지 모였으니 오오카미가 얼마나 화가 났나 알 수 있는 대목이다.

5층 회장실에는 따로 부두목 격인 와카가시라[若頭] 여섯 명과, 열린 비서실 밖에 와카슈(행동대장) 서른 명이 고개를 숙인 채 침묵을 지켰다.

회장 자리에 앉은 오오카미가 의자에서 반쯤 파묻혀 눈을 감고 있었다. 벌써 2시간째 정적만이 존재했다.

똑. 똑.

노크 소리와 함께 문이 열렸다.

"회장님, 이놈 센타쿠가 왔습니다."

장발 말총머리에 30대 후반의 거구 사내가 들어와 오오카미 앞에 엎드렸다.

"왔냐? 묵계의 수련 중이라 들었다만."

오오카미는 실눈만 뜨고 건성으로 답했다. 그러나 말속에 깊은 신뢰가 담겨 있었다.

"이런 민망한 일에 제가 가만히 있을 수 있겠습니까? 맡겨 주십시오."

꿍.

센타쿠가 바닥에 머리를 찍었다.

그러자 와카가시라들의 얼굴이 흑빛으로 바뀌었다.

"믿어 보마, 아들."

끼익.

오오카미가 뒤로 젖혔던 의자에서 일어나 회장실 밖으로 나갔다.

탁.

문이 닫히자 센타쿠가 일어났다.

"쇼헤이."

그의 목소리가 으르렁거렸다.

"하이."

입구 쪽에 쇼헤이가 득달같이 달려와 센타쿠 앞에 섰다.

"사제, 너에게 의부를 부탁했다. 어찌 된 일이냐?"

"죄송합니다."

센타쿠의 말에 쇼헤이는 변명을 하지 않았다.

"일의 경과를 듣고 싶다."

센타쿠는 쇼헤이를 보더니 화를 죽이며 물었다.

어쨌거나 고개 숙인 야쿠자 새끼들과 그의 사제 쇼헤이는 격이 다른 사람이다.

"오늘 오후에 회장님이 커피를 마시러 가는 길에 젊은 사내와 시비가 붙었습니다. 그곳에서 경호를 하던 와카슈 넷을 넘기고 회장님을 모욕했답니다. 그리고…….”

쇼헤이의 설명은 계속됐다.

센타쿠는 이야기를 들을수록 얼굴이 붉어졌다.

센타쿠.

세탁이란 이름을 쓰는 사람은 없다. 본명은 쿠토 신이치다. 원래 고아인 그를 길거리에서 거둔 사람이 오오카미였다.

그 후로 야쿠자로 길러졌지만 학교도 보내고 신도류와 인연을 챙겨 제자로 들여보냈다. 그런 고아들이 여럿 있었지만 유독 오오카미는 신이치만 귀히 대했다.

또 머리가 굵어지기 전에 오오카미의 양자로 들여져 나이 스물둘에 곤고구미의 와카슈로 기반을 다졌다.

그러다 15년 전 야마구치구미[山口組]와 도쿄전쟁이 벌어졌을 때 본격적으로 활동했다. 마흔 명이 넘는 적을 혼자 지워버리며 센타쿠(세탁)이란 전설의 주인공이 됐다.

이후 신도류의 본산인 가나가와현의 단자와산에 입산해 세상과 멀어졌다.

그는 본산에서도 큰 두각을 나타내며 오오카미에게 사제 쇼헤이를 옆에 붙였다.

그런 센타쿠라 양부의 명예가 땅에 떨어지자 득달같이 달려왔다.

“……준비되지 않은 저로서는 어쩔 수 없었습니다.”

쇼헤이의 말이 끝나자 그는 비서실 밖의 와카슈들을 봤다.

"멍청한 놈들, 양부께서 그런 망신을 당했는데도 여기에 처박혀 있어? 그리고 우마에."

"하잇."

우마에가 달려와 도살장에 끌려가는 소처럼 센타쿠 앞에 엉거주춤 섰다.

"왼손 새끼손가락."

"감, 감사합니다."

우마에가 무릎을 꿇은 후 허리를 숙였다. 그러자 앞쪽에 있던 야쿠자 둘이 나서서 손수건 두 장과 단검을 탁자에 올려놨다.

우마에는 무릎걸음으로 걸어가 손수건 한 장을 접어 입에 물고, 왼손을 주먹으로 쥔 다음 새끼손가락을 내밀었다.

"크윽."

단도 끝을 탁자에 올려 작두처럼 눌렀다.

붉은 피가 손수건에 물들고 새끼손가락만 남았다. 그것을 피에 젖은 손수건으로 말아 센타쿠에게 바쳤다.

"네 진정은 잘 받았다, 우마에."

센타쿠는 손수건을 받으며 시선을 와카슈들에게 돌렸다. 그들은 고개를 들어 센타쿠를 주목했다.

"내일 아침까지 시간을 주겠다. 도쿄를 다 뒤져서 그놈을 찾아라. 당장 나가라."

"하이."

센타쿠의 명령이 떨어지자 와카슈들이 일제히 대답하고 일어나 회장실을 빠져나갔다.

그리고 회장실에는 곤고구미의 여섯 지역을 맡은 와카가시라 여섯과 쇼헤이만이 남았다.

“어떻게 생각하십니까?”

그들은 센타쿠가 어린 나이 때부터 와카가시라를 맡았던 야쿠자들이다. 나이도 60이 넘어 고문에 가까운 자들이라 그는 그들에게 존대했다.

“일단 오야붕이 타깃은 아닌 것 같다. 두 번이나 저격할 기회가 있었는데 망신만 준 걸로 봐서는 우연히 일어났을 가능성이 많다.”

와카가시라 중 고리대금업을 맡고 있는 쿠르스가 입을 열었다.

“정황으로는 그렇기는 합니다만. 쇼헤이 네 생각은?”

“길거리에서 슈를 펼쳐도 사람들이 알지 못할 정도로 술법이 능한 음양사입니다. 그런 사람이 목적 없이 움직일 이유가 없습니다.”

“양부 외에 다른 목적이 있다?”

“제 느낌은 그렇습니다.”

“그렇다면 그놈이 양부에게 다시 접근할 가능성이 있다는 말이지.”

“네.”

“사제, 그놈을 다시 만나면 제압할 수 있겠나?”

쇼헤이는 머리를 흔들었다.

“음양사인 것을 몰랐을 때와 알았을 때는 다르다. 곡옥曲玉을 준비해 왔다.”

“부적술을 펼치지 않고 주문만으로 술법을 펼칠 정도의 진마입니다, 대사형.”

“벽곡옥을 사부님께서 내주셨다.”

“벽곡옥을 말입니까?”

센타쿠가 주머니에서 쇼헤이에서 목걸이를 꺼내 보였다.

검은 가죽끈에 손가락 한 마디 크기의 반달 모양 비취색 옥이 달렸다. 특이하게도 옥 안에 붉은 글씨가 점처럼 빼곡했다.

“자, 목에 걸어라.”

센타쿠가 벽곡옥을 쇼헤이에게 건넸다.

“음양사 술법 중 물리적 공격은 반쯤 그 벽곡옥이 걷어 낼 것이다.”

쇼헤이가 목걸이를 목에 차자 센타쿠가 말을 덧붙였다.

“고맙습니다. 저는 오오카미 님에게 가 보겠습니다.”

쇼헤이가 일어났다.

회장실에는 이제 곤고구미를 실질적으로 이끌어 가는 일곱 사람만 남았다.

그리고 센타쿠의 분위기가 변했다. 한없이 거친 야성이 폭발됐다.

"쿠르스, 의부의 적들은?"

그는 선배에 대한 존중이 사라졌다.

"주군께서 야마구치와 단판을 지으신 이래로 저들이 거점 몇 곳을 확보했지만 이번 달 보고드린 대로 사업장이 겹치지 않고 평행 관계를 유지하고 있습니다. 아키하바라에 어린놈들이 설치고 있지만 폭주족 수준입니다."

쿠르스는 센타쿠에게 굴종의 예로 보고했다.

그들의 주종 관계는 10년이 넘었고 곤고구미의 실제 주인은 그때부터 이미 센타쿠였다.

"흐음, 의부에게 요인이 없다면 우연일 수 있다는 말인데……."

센타쿠의 고민이 깊어졌다.

오오카미의 일에 한해서 그는 맹목적이었다.

"저희들도 나가 보겠습니다."

쿠르스가 와카가시라를 대표해 말했다.

센타쿠가 여전히 침묵하고 생각에 빠져 있자 그들은 조용히 물러났다.

극도오피스텔의 맞은편 건물 옥상.

비토리는 5층에 시선을 두고 기감을 맞췄다.

오늘 주인님은 곤고구미의 두목인 오오카미의 뺨을 몇 대

두드려 줬다. 그래서 곤고구미는 난리가 났다.

더욱이 주인님은 의도되지 않은 상황을 연출해 야쿠자들이 주인이 적인지 우연한 충돌로 일어난 사태인지 몰라서 혼란에 빠졌다.

오오카미는 근거지인 오피스텔로 돌아와 전 조직원을 모아 내보냈다.

그녀는 그 상황을 지켜보며 가끔 주인님에게 보고했다.

그러던 중 30분 전 한국 쟁천 무인으로 치면 초절정 수준의 사내가 오피스텔로 들어갔다.

야쿠자 따위 무리에 섞일 자가 아니었다.

'용병인가?'

대수롭지 않았다. 오히려 주인님은 일본 신풍의 고수들과 손을 섞기 원하는 눈치다.

1시간이 흐르자 다시 오피스텔이 분주해졌다.

그녀는 오피스텔 밖으로 나오는 수십 명의 야쿠자를 보다가 휴대폰을 들었다.

비토리는 상욱이 통화가 되자 희색을 띠었다.

"저예요."

–응, 듣고 있어.

"야쿠자들이 오피스텔 밖으로 나갔어요."

–얼마나?

"숫자는 서른 명 정도고요. 아직도 남아 있는 숫자가 상당

합니다."

-계속 잘 보고 있어.

"참, 특별히 아셔야 할 일이 있어요."

-내가?

"네, 야쿠자들이 불렀는지 아니면 원래 야쿠자인지 모르지만 곤고구미 쪽에 고수가 붙었어요."

-그래?

아니나 다를까 주인님이 관심을 가졌다.

"아직도 시부야세요?"

-그러게. 곤고구미 발이 한국 시골 파출소만도 못 해. 세이코 백화점 앞에서 벌써 1시간째 어슬렁거리고 있어. 야쿠자 놈들은 나를 찾으려 할 텐데 헛다리만 짚고 있나 봐.

"그냥 시부야에서 즐기세요. 1시간 안에 놈들이 갈 거예요."

비토리가 농담을 했다.

-그렇지 않아도 좀 즐겨 보려고.

상욱이 농담을 받았다.

전화를 끊은 그는 그의 말대로 시부야에 세이코 백화점 앞이었다. 다만 백팩을 메고 사파리 점퍼에 면바지를 입고 있어 영락없는 관광객이었다.

고개도 좌우로 돌려 구경에 한참 열을 올렸다. 그 이면에는 그를 좇는 시선이 없나 살펴보는 작업이기도 했다.

그래도 상욱의 눈은 즐거웠다.

시부야는 젊음의 거리였다. 인파의 대부분은 20, 30대고 각양각색의 복장의 젊은이들이 공연을 하거나 쇼핑 중이었다.

'관광 중의 으뜸이 사람 구경이랬던가?'

상욱은 진정으로 관광을 했다.

한참을 그렇게 여기저기를 기웃거리던 상욱이 선 곳은 클럽 앞이었다.

STUDIO-A

몇 년 전까지 아톰이란 클럽명으로 이름 날리던 이 클럽은 시부야의 젊음의 상징과 같았다.

빠른 비트의 요란한 음악이 흘러나오고 입구에는 십여 명이 줄을 서 대기 중이다.

상욱은 그 줄 끝에 섰다.

'월요일 심야라 클럽이 한가한가?'

상욱의 예상과 달리 열기가 뜨겁지 않았다.

잠깐 기다리는 사이 줄은 순식간에 삭제됐다.

웨이터의 안내를 받으며 클럽 안으로 들어가자 MIGOS DJ Durel이 작렬했다.

"와우."

상욱이 절로 감탄사가 나왔다.

예상과 달리 3층으로 이루어진 클럽은 빈자리 하나 없이 빽빽했다. 여기에 젊음이 뿜어내는 욕망이 카르로 변질되어 스프레이처럼 분사됐다.

절로 미소가 지어졌다.

잠시 후 2층에 자리를 잡은 상욱은 넓은 테이블을 차지하고 스카치위스키를 스트레이트로 들이켰다.

불과 2년 전 배 나온 아저씨였을 때 그 좋았던 클럽 음악이 귀에 따갑기만 했다.

게다가 내공까지 온전히 풀어 놓고 마시는 술인데도 취기가 하나도 올라오지 않아 자리만 어색했다.

그래도 목적이 있어 비트 빠른 랩에 오른발은 바닥을 네 박자로 딱딱 맞추고 고개를 까닥거렸다.

다만 두 눈은 앞 테이블에 앉아 술을 마시는 여자에게 고정했다.

원래 그 테이블에는 짧은 스포츠머리의 사내 셋이 상욱을 등지고 앉았었다.

그러다 세 남자 중 한 명이 클럽에 놀러 온 여자가 맘에 들었는지 손목을 잡고 억지로 끌고 와 앉혔다.

그 여자는 당혹스러운 표정으로 그녀를 끌고 온 사내가 건넨 술잔을 받았다. 그러다가 상욱과 눈을 마주쳤다. 애절한 눈빛이 절절했다.

상욱은 여자의 눈에서 시선을 돌리지 않고 계속 바라봤다.

여자는 갑자기 상욱을 향해 손을 들었다.
"오니(오빠)."
그녀는 곧장 일어나 상욱 앞에 섰다.
'실례지만, 도와주세요.'
여자는 사내들을 등지고 입 모양으로 말했다.
'이제 갓 스물이 될까 말까?'
짙은 스모키 화장이 여자를 나이 들어 보이게 했다. 열에 아홉은 미성년이다.
"앉아."
상욱이 무뚝뚝하게 말했다.
그러자 여자는 덧니가 보이도록 환한 웃음을 지으며 상욱 옆에 앉았다.
이시하라 슌은 스물네 살에 야마구치 도쿄 지부 소속 야쿠자다.
그는 모처럼 클럽에서 이상형 계집을 보고 무작정 자리로 끌고 왔다. 동갑내기 야쿠자들과 술을 진탕 마신 터라 그 모습에 놈들은 낄낄대며 웃어 댔다.
계집은 잔뜩 겁에 질려 안절부절못했다.
그 모습에서 흰 토끼를 칼로 찔러 흰 털에 붉은 피가 묻어나는 희열을 느꼈다. 그의 가학 본능이 계집과 겹쳤다.
오늘 계집을 눕히고 그녀가 그의 배 아래 깔려 비명을 지르는 상상까지 이어졌다.

그런데 그 기쁨이 한순간에 깨져 버렸다.

계집이 갑자기 손을 들어 뒤쪽에 앉은 놈에게 알은체를 했다. 잠시 '어어' 하는 틈에 계집은 뒷자리로 옮겨 버렸다.

평소 같으면 시비를 걸지 않을 이시하라였지만 술기운과 동갑내기들이 왁자지껄 웃음을 터트려 참을 수 없었다.

그는 자리에서 일어나 뒷자리로 갔다.

털썩.

이시하라는 계집의 옆자리에 앉아 어깨에 손을 올리고 앞의 사내를 봤다.

큰 키와 덩치로 한몫할 놈이었다. 나이는 서른 살 이쪽저쪽에 시원한 이목구비를 가졌다. 여자들이 반할 만한 얼굴이다.

"어이, 이 여자는 나와 같이 즐거운 시간을 갖고 있었다. 네놈이 방해한 것은 알고 있나?"

그는 7부 셔츠의 소매를 걷었다.

이런 형태의 옷은 대개 문신을 가리려는 야쿠자들이 입었다. 앞의 사내놈은 표정이 굳어졌다.

'놈, 겁을 먹었군.'

"내가 이 여자를 데려가겠다."

그는 여자의 손목을 잡고 일어났다.

"어이, 고붕(아들), 야마구치구미에서는 그렇게 가르치는가?"

팔뚝에 그려진 문신을 보며 사내가 말했다.

"으음."

이시하라가 뜨끔한 표정이 됐다.

옛날과 달리 야쿠자는 사업이 아니면 일반인과 되도록 마찰을 일으키지 않았다. SNS가 발달되면서 사건, 사고가 터질 때마다 야쿠자에 대한 인식이 나빠져 발붙일 곳이 줄었기 때문이다.

최근에 이르러서는 일반인과의 마찰 금지는 불문율처럼 굳어 있었다.

"죽고 싶은가?"

아시하라가 여자의 손을 놓았다.

그는 사내의 말에 주춤했지만 또한 거슬리기도 했다. 그의 반골 기질이 튀어나왔다.

"뭔가?"

때를 맞춰 동갑내기 야쿠자들도 나섰다.

"난 여기 동생과 마저 이야기를 해야겠다. 그냥 조용히 놀다 가라, 꼬붕들."

사내가 허리를 세우며 말했다.

"조용히 하라고……."

아시하라는 그렇지 않아도 상욱이 거슬렸는데, 아랫사람 취급까지 당하자 주먹부터 나갔다.

턱.

그의 주먹이 사내의 오른손에 막혔다. 그리고 별이 번쩍이고 기억이 없어졌다.

"끙."

얼굴에 축축해진 물기에 아시하라는 오른손으로 얼굴을 닦아 냈다. 눈에 형광등 불빛이 들어오고 뇌를 꼬집는 숙취도 같이 밀려왔다.

그는 벌떡 일어났다.

"쯔쯔쯧, 멍청한 놈."

옆에서 익숙한 목소리가 들렸다.

"와카슈!"

아시하라가 부동자세를 취했다.

야마구치 도쿄 시부야 지부를 책임지고 있는 고노시는 그가 감히 쳐다볼 수 없는 자리에 있었다.

그런 고노시가 싸늘한 눈으로 그를 보고 있었다.

"해명해 봐."

앞뒤를 자른 고노시의 말에 이시하라는 좌우를 봤다. 그 옆에 동갑내기 야쿠자 둘이 서 있었다. 그들 얼굴 한쪽이 퉁퉁 부어올라 그와 별반 다르지 않은 꼴을 당한 모양이다.

이시하라는 클럽에서 있었던 일을 사실대로 말했다.

고노시의 성격으로 보아 이미 둘에게서 이야기를 들었을 것이고 나중에 클럽 웨이터들에게 확인할 것이 분명했다.

"너희 세 녀석의 말을 종합해 보니 여자 때문에 시비가 일어났고 네놈은 한 방에 기절, 저기 두 놈은 한 대에 쥐포가 돼서 쫓겨난 것이군."

"……."

이시하라를 비롯한 동갑내기들은 입을 열지 못했다.

"어찌 됐건 네 녀석들 일은 나중에 묻겠다. 일단 야공(야쿠자의 속칭) 셋을 발라 놓고도 클럽에서 태연하게 놀고 있다는 놈의 얼굴부터 봐야겠다."

고노시가 일어났다.

"잠시 확인할 것이 있습니다, 형님."

고노시의 뒤쪽에 있던 금테 안경의 젊은 사내가 나섰다.

"뭔가, 오모리?"

"오늘 낮에 곤고구미의 회장 오오카미에게 길거리에서 망신을 준 놈과 저놈들이 말한 사내의 인상이 비슷합니다."

"흐음, 네 말을 들어 보니 그러하기도 하다."

"30대 초반, 시원시원한 이목구비, 2미터에 가까운 키는 동양 사람으로서는 쉬운 조합이 아닙니다."

"그렇단 말이지."

고노시가 잠시 고민을 하다가 오모리에게 명령을 내렸다.

"클럽에 연락해서, 놈의 사진을 찍어서 곤고구미 쪽으로 보내 줘라."

"네."

대답을 한 오모리가 맞은편 이시하라의 일행을 봤다.

그나마 이시하라가 눈치 빠르게 고노시에게 고개를 숙이

고 핸드폰을 들고 밖으로 나갔다. 그러자 남은 두 야쿠자도 눈치를 보며 나갔다.

"형님, 저희 구역에서 일어난 일인데 이대로 보고만 계실 일이 아닙니다. 나중에 오야붕이라도 아시면……."

오모리는 부하들이 자리를 비우자 우려를 표했다.

"나서지 않는 데는 두 가지 이유가 있다. 오오카미 옆에는 항상 쇼헤이란 꼬마가 붙어 다닌다. 막대기 든 그 꼬마는 너나 나나 백 명이 덤벼도 못 이긴다. 그런데 오오카미가 개망신을 당했다면 상대는 예사 놈이 아니다. 남이 코 풀어 주면 코만 가져다 대면 돼."

"만약 그자가 오오카미와 관련된 놈이 아니면 어떻게 합니까?"

"이러든 저러든 센타쿠에게 빚을 하나 지우는 셈이지."

"아- 센타쿠."

오모리의 눈에 경련이 일어났다. 아직도 센타쿠 이름만 들어도 도쿄전쟁에서 당한 오른쪽 쇄골이 결렸다.

둘이 이야기가 끝나자 엿듣기라도 한 듯 노크 소리가 들렸다.

이시하라가 들어왔다.

"와카슈 놈이 오오카미를 건드린 놈이 맞는다고 합니다."

"맞단 말이지."

고노시 입에 미소가 걸렸다.

"나가 봐."

그러자 오모리가 오른손을 들어 손을 밖으로 내저었다.

이시하라가 그 모습에 잠시 머무적거리다가 허리를 숙이고 나갔다.

"하하, 오모리, 저놈 이름이 이시하라라고 했던가?"

고노시가 가볍게 웃었다.

"네."

"저놈 눈치가 빠르군. 오오카미를 발랐던 놈을 찾았으니 우리가 곤고구미에 빚을 지어 줬단 것을 알고 있어. 잘 키워 봐."

"보셨잖습니까. 입으로 까먹는 놈입니다."

"두들겨 패. 너처럼 입이 좀 무거워지겠지."

"그래서 싫습니다. 저를 닮은 놈이라니……."

"맞을래?"

"아닙니다."

"농담은 여기까지. 클럽에 처박혀 있는 놈이 어떤 놈일까 궁금하군."

고노시가 자리에서 일어났다.

싸움이 벌어지기 전, 곤고구미가 달려올 시간이면 멀찍이 거리를 확보하고 구경할 장소를 챙기기 충분했다.

불구경, 싸움 구경은 동서양을 불문하고 최고의 구경거리지 않은가?

오모리는 나가는 고노시의 등을 보며 속으로 중얼거렸다.
'붉은 여우 같으니라고.'

우웅. 드르륵. 우우웅. 드르륵.
상욱은 테이블에서 진동하는 핸드폰을 봤다. 액정에 비토리의 이름으로 문자가 떴다.

곤고구미 야쿠자 출발.

10분 전에 건너편 좌석에서 요란한 손님들이 휴대폰 카메라로 사진을 찍을 때 화각 안에 그가 있었다. 눈을 몇 차례 깜박일 정도로, 카메라 불빛은 그를 정면으로 담았다.
야쿠자 놈을 쥐어박았더니 이제야 반응이 왔다.
'곧 핫 타임이군.'
상욱은 다시 클럽 음악을 즐기며 10분 정도 느긋하게 술잔을 비웠다.
그리고 아직도 앞에는 초롱초롱한 눈으로 그를 보는 계집아이를 술잔 너머로 봤다.
상욱이 술잔을 내려놨다.
"왜요~?"
계집아이가 상욱을 보며 물었다.
상욱은 그냥 말없이 계집아이를 봤다.

‘이 아이는 무슨 생각으로 있는 건지?’

가라고 한 것이 20분이 넘어가고 있다.

“혹 저에게 관심이 있으세요? 그리고 제 이름 정도는 물어봐 줘야죠.”

계집아이가 상욱의 옆자리로 다가와 앉았다.

“이봐, 미성년자, 나 로리가 아니다.”

상욱이 오른손 검지로 계집아이 머리를 밀어 거리를 뒀다.

“제가 어딜 봐서 미성년자예요! 개인번호카드 불러 봐요?”

“네 언니 것 말고.”

“히잉-.”

“가라, 곧 야쿠자들 온다.”

“오빠가 아까처럼 한 방에 파바박 하면 되죠.”

계집이 주먹질 흉내를 냈다.

털썩.

그때 비토리가 상욱 맞은편에 앉으며 계집아이를 위아래로 훑어봤다.

“뭐야, 이 빈유는.”

“그러는 외국인 젖소 아줌마는 누군데?”

비토리의 차가운 인상과 만만치 않게 풍기는 카르에 오한이 들 법도 하건만 계집아이는 당찼다.

“하하하, 왔나?”

상욱이 그 모습에 너털웃음을 터트렸다.

"주인님."

비토리가 눈을 흘겼다.

"대충 시간이 됐군. 애와 노닥거릴 시간 없어."

상욱이 클럽을 나서려고 일어났다.

"저기요, 연락처라도 주세요."

계집아이가 벌떡 따라 일어났다.

"흐음, 비토리 저 애 화장 지우고 택시 태워서 보내."

"네?"

"야쿠자들이 저 아이를 그냥 두지 않을 것 같아."

상욱은 야쿠자들 화를 바짝 올려놓을 때 의도치 않게 계집아이가 계기가 됐다. 이대로 그가 사라지면 야마구치구미가 계집을 그대로 둘 리가 없다.

비토리가 계집아이의 손을 잡고 먼저 자리를 뜨자 상욱도 클럽 밖으로 나왔다.

새벽 2시.

찬 공기가 그의 폐부로 들어왔다. 그래도 시부야는 여전히 불야성이다.

그는 가로등 조도가 떨어지는 거리의 끝을 향해 걸었다. 곧장 뒤로 사내 둘이 30미터 거리를 두고 붙었다.

상욱이 골목으로 향할수록 길은 좁아지고 가로등은 줄어 어두워졌다. 도시의 소음도 줄어 시부야의 뒷골목은 침묵에 빠졌다.

또각. 또각.

상욱의 옆에서 걷는 비토리의 구두 소리만 남았다.

"여기가 좋겠군."

상욱이 자리에 섰다.

"피를 보시렵니까?"

"봐서 뭐 하게. 우린 대충 시간 때워 주면 돼."

"그보다 저 빌딩 위에 있는 늙은이는 어떻게 해요?"

비토리가 상욱의 옷깃을 잡고 얼굴을 바짝 들이대며 말했다.

둘의 모습은 멀리서 보면 일탈한 남녀의 애정 행각처럼 보였다.

"내버려 둬. 날 살피러 왔나 본데 보일 것도 없어."

상욱이 비토리와 거리를 뒀다.

멀찍이서 오늘 하루 종일 그를 쫓던 자가 있기는 했지만 살기가 아닌 관찰하는 기의 파동이라 그대로 넘어갔다.

그래도 상대는 화경에 이르렀으니 쟁천의 5성에 비견될 만한 자였다.

어쨌거나 둘만의 대화는 오래가지 못했다.

부릉. 부르릉.

오토바이 몇 대가 상욱을 스쳐 가더니 앞서가던 폭주족 리더가 핸들을 틀어 방향을 바꿔 다가왔다.

부릉.

"어이, 거기."

젊은 사내 다섯이 오토바이를 멈춰 세우고는 내려서 상욱을 향해 손짓을 했다.

"파리가 꼬였군."

상욱은 폭주족들을 보며 눈살을 구겼다.

폭주족의 리더 이토는 상욱이 말이 없자 자신감이 붙었다. 얼핏 지나가며 본 외국 여자만 눈에 들어왔다. 막상 오토바이를 돌려 내리자 외국 여자 옆의 사내는 거인이었다.

'겁먹었군.'

이토는 사내가 대차게 나오더라도 이 외국 여자를 소유하고 싶은 욕망이 더 컸다. 이런 일을 한두 번 해 본 것도 아니었다.

그런데 외국 여자가 그의 앞으로 걸어왔다.

비토리는 짜증이 잔뜩 났다.

'주인님 품에서 조금 더 있을 수 있었는데.'

또각. 또각.

그녀는 이토를 앞에 섰다.

"좀 맞아야겠다."

"뭐?"

딱-.

"어흑."

비토리가 이토 이마에 딱밤을 날리자 푹 주저앉았다.

"대장, 대장."

폭주족 사내 넷 중에 둘은 이토에게, 둘은 비토리에게 달려들었다.

탁. 딱.

비토리에게 달려든 사내 둘도 예외가 아니었다. 그녀가 날린 딱밤에 이마를 잡고 뒹굴었다.

"계집이?"

이토를 부축하던 놈들이 벌떡 일어나 주머니칼을 꺼냈다.

"됐다, 우리 상대가 아니다."

이토가 비틀거리며 사내들을 말렸다.

그가 시부야에서 폭주족이자 야쿠자로 어깨를 펴고 살아남을 수 있었던 이유는 이 눈치 하나였다.

폭주족들이 슬금슬금 물러서자 비토리가 흥미를 잃고 상욱의 옆으로 다가갔다.

"저놈들 때문에 일을 망치는 것 아닌지요?"

그녀가 인상을 쓰며 말했다.

"아니, 더 잘됐다. 곤고구미 오피스텔에서 야쿠자들이 더 빠져나올 것 같아."

상욱의 눈이 멀리 100미터 밖 어두운 골목 모퉁이에서 야마구치 야쿠자에게 가 있었다.

뱀파이어릭을 개방한 그의 귀로 야쿠자가 윗선에 여기 상황을 보고하는 내용이 들렸다.

“억센 외국 여자라는데? 흐흐.”

상욱이 음흉한 웃음을 지었다.

“주인님 빼고는요.”

비토리가 상욱의 말장난에 장단을 맞춰 줬다. 바짝 붙은 두 인영의 이야기는 제법 길어졌다.

그쯤 센타쿠는 곤고구미의 아지트인 오피스텔을 나서는 차 안에서 보고를 받았다.

—여기 놈이 아닌 것 같습니다. 낮에 입었던 옷과 달라 애들이 한참을 찾았답니다.

쿠르스는 애써 변명을 했다.

“그래서 놈은 어디에 있다는데?”

—시부야의 클럽 스튜디오 A에 있습니다.

“그곳은 어디 애들이 관리하는 곳이지?”

—야마구치 하부 조직인 기스네구미 애들 소유입니다.

“흐음, 기스네라……. 고노시의 구역이군.”

센타쿠의 머릿속에 붉은 여우 고노시 얼굴이 떠올랐다. 15년 전 도쿄전쟁 당시 잔머리로 그를 적잖이 귀찮게 했던 사내였다.

“고노시 쪽에 연락하고 주변으로 애들 풀어. 놈이라면 내게 빚을 줬다며 길을 내줄 것이다. 그리고 내가 가기 전까지 움직이지 마.”

—네, 알겠습니다.

쿠르스가 센타쿠에게 허리를 숙이며 명을 받았다. 그리고 그는 곧바로 전화 한 통을 주고받았다.

—주군, 변수가 생겼습니다. 쫓는 놈에게 일행이 하나 더 붙었답니다.

"일행?"

—외국인 여자랍니다.

"오히려 잘됐군. 놈의 운신이 그만큼 불편해질 테니까."

—그게……. 여자가 예사롭지 않다고 합니다. 아키하바라와 시부야를 오가는 폭주족 몇 놈을 파리 잡듯 했답니다.

"그래 봐야 여자다."

—…….

쿠르스가 잠시 말 없는 사이 센타쿠의 맘이 바뀌었다.

"아니다. 혹 모르니 본부에 있는 애들을 더 동원하고."

—주군의 말씀을 들어 보니 굳이 그럴 필요가 없어 보입니다만.

"계집이 음양사라면 말이 또 달라진다. 단자와 산에 계신 사이고우 가다나[總太刀]께서 술법을 깨는 벽곡옥碧曲玉을 내주시며 각별히 그들의 운신에 유의하라 하셨다."

—운신이라 하심은?

"음양술사가 소통하면 신출귀몰하기가 귀신과 다르지 않다고 하셨다."

—전설 같습니다.

쿠르스가 이해가 되지도 않는 표정인 듯했다.

"스승님의 말씀이다, 믿어라. 그보다 곤고구미의 5백 명의 식구가 움직였는데 그것들이 도망치면 우리 체면은 웃음거리밖에 되지 않는다. 최선을 다하라."

-네, 본부에 최소한의 인원만 남기겠습니다.

"참, 손님들은?"

센타쿠가 문득 든 생각에 쿠르스에게 물었다.

-일주일에 한 번씩 오피스텔의 층수를 바꾸고 있습니다. 오피스텔을 다 뒤져야 그 돼지 같은 놈을 찾을 수 있습니다.

"시부야에 있는 그놈이 의부를 노렸다고 보기에는 미심쩍은 면이 있다. 일단 니와를 10층 안가安家로 보내라."

-일주일 전부터 니와는 10층 안가에 머물고 있습니다.

"쿠르스, 그대의 머리인가?"

-네.

"잘했다."

센타쿠는 의자에 등을 기댔다. 더 할 대화가 없었다. 니와를 생각하자 머리가 아팠다.

'돼지 새끼.'

그의 스승이자 카토리 신도류의 사이고우 가다나인 다카하시 요시오의 당부가 떠올랐다.

-어릴 적 이도류에 큰 빚이 있다. 그 빚을 갚을 기회가 왔다.

스승은 그 말과 함께 그 앞에 흑주교의 재무이사인 이시히니와를 소개했다.

첫인상은 돼지였다.

곤고구미의 극도오피스텔은 나라 안의 나라와 같은 곳이다. 놈은 용케도 그 사실을 알았다.

오피스텔 안에서 모든 경제활동이 가능하다. 1층 식당과 은행부터 15층 스카이라운지까지, 심지어 13, 14층에는 여자가 있는 술집과 수영장, 헬스클럽이 있다.

이 돼지 새끼가 오피스텔에 방을 내줬더니 아예 뿌리를 내릴 모양이다.

그래도 스승의 은혜는 하늘과 같았다.

어쨌든 놈이 머무는 10층 안가는 탱크로 밀어야 뚫릴 철벽이다.

"으드득."

그의 어금니에 힘이 들어갔다.

음양사 놈의 목적이 니와든 자신이든 상관없다. 어떤 흉계로 의부를 모욕했는지 모르지만 뼈에서 살을 발라 줄 셈이다.

센타쿠가 시부야로 출발하며 극도오피스텔은 셔터가 내려지고 불빛이 하나둘 꺼졌다.

그중 10층도 외부에서 보면 어둠에 쌓였다. 하지만 내부는 여전히 밝은 빛 아래였다.

이시히 니와는 환하게 켜진 형광등 불빛도 불안했다.

뇌수腦髓를 열어 슈를 얻으면 육감이 발달한다. 가끔 예지몽을 꾸는 그의 조부 이시히 시로만큼은 아니어도 불길한 조짐은 데자뷰로 보였다.

오늘이 그랬다.

죽음은 아니어도 무저갱의 나락으로 떨어지는 느낌이다.

그래서 오늘 오오카미에게 일어난 일련의 일들이 그를 겨냥한 함정 같았다. 이 불안감을 떨치려고 거실을 어슬렁거렸다.

딸칵.

작은 방문이 열리고 사내가 나왔다.

이시히 니와는 사내를 보며 긴장이 내려앉았다.

넓은 이마의 사내의 기도는 칼날 그 자체다. 적에게는 준엄해도 같은 편이라면 마음의 진정제 같은 존재다.

"오늘따라 마음이 바쁘신 것 같습니다."

"아, 치타로."

"고민이 있으십니까?"

치타로가 이시히 니와를 살폈다.

이도류 7검 중 하나인 그는 문벌의 벌주閥主 히데기로부터 이시히 니와의 손끝 발끝 하나까지 챙기라고 엄명을 받았다.

물론 개인적으로 불만이 많은 일이었다. 흑주교 따위의 사람을 돌보라니.

하지만 한 달이 되어 가는 지금 불만은 거의 사라졌다.

이시히 니와는 쫄보라 거의 오피스텔에서 지냈다.

간간이 나가는 일이라고는 숨겨진 흑주교 재산을 환수하거나 페이퍼 컴퍼니로 자산을 전환할 때뿐이었다.

게다가 뛰며 검을 놀려 수련할 시점은 지난 그라 심상 수련을 하기가 세상없이 좋았다.

또한 이시히 니와의 슈는 상식이 통용되지 않은 환상 그 자체였다. 오피스텔 안에 슈로 만든 가상 공간의 진법은 그의 동료 켄타와 검을 시험하기에 더없이 좋았다.

흑주교 사람이란 점만 빼면 이시히 니와는 그에게 나쁘지 않았다. 이러다 보니 정도 쌓여 안부 정도는 물었다.

“곤고구미가 어수선하니까 불안한 마음이 드는군.”

“이시히 상께서 말입니까?”

치타로가 의외라 물었다. 니와는 술법만으로 대가를 이른 사람이다.

“느낌이 안 좋아.”

“오늘 일로 센타쿠까지 와 있습니다. 괜한 우려입니다.”

“실력으로 말하면 그자보다 치타로 그대가 윗길 아닌가?”

“신풍 제일인 신도류에서 대사형인 자입니다.”

“겸손은.”

“저보다는 이 오피스텔에서 제일 강자는 준비된 이시히 상이 아닙니까?”

"하하하, 그대가 날 너무 높이 쳐주는군."

이시히 니와의 웃음에 자부심이 가득했다. 그는 치타로의 말에 불안감을 휘발시켰다.

음양사는 준비하는 자다. 평범한 이 방도 슈를 거는 순간 인세지옥이 강림한다.

여기라면 그의 조부 이시히 시로도 만만하다. 그의 자신감이 후지산 정상만큼이나 치솟았다.

이시히 니와가 불안감을 떨친 그 시간, 세상은 만만치 않게 돌아가고 있었다.

"모시모시?"

차돌석은 오피스텔 건너편 골목에서 야쿠자들이 차를 타고 빠져나가는 모습을 망원경으로 지켜봤다.

'어떻게 곤고구미 야쿠자를 흔들어 놨기에?'

그는 고개를 흔들며 휴대폰 번호를 눌렀다.

—다이시요.

차돌석은 다이시가 전화를 받자 빠르게 말했다.

"건물에서 야쿠자들이 나갔습니다. 출구는 닫혔고 니와는 그대로입니다."

전화를 끊은 다이시는 차 안에서 곤고구미의 아지트인 극도오피스텔을 봤다.

참 어렵다는 생각이 들었다. 입구와 퇴로가 꽉 막혔다. 그는 의견을 묻기 위해 옆에 아키라를 봤다.

어제 만나 인사를 나누고 오늘 오후부터 내내 같이 다녔다. 그런데 아키라는 그가 음양사라는 상욱의 말에 꺼리고 미심쩍어 했다.

그럴 만도 했다. Y2K 이후 음양사는 영화의 소재에 불과했다.

검도는 생활체육에도 한몫을 하는 무술이고 은연중에 신풍과 연이 닿은 사람들도 꽤 있었다. 입지 자체가 달랐다.

"침입할 방법은 있소?"

다이시가 아키라에게 물었다.

"그럼 뭐 하겠소, 이시히 니와가 어디 있나 알 수가 없는데……. 나는 박 상이 저 오피스텔 입구에서 소란을 피우면 옥상과 지하를 막고 니와를 잡을 생각이었소."

아키라가 난처한 얼굴로 다이시를 봤다.

"니와는 10층 오른쪽 맨 끝 방에 있소."

"정말이오?"

아키라의 말에 다이시가 얼굴을 돌리고 입을 닫았다. 믿음이 없는 자와 대화할 마음이 뚝 떨어졌다.

무엇보다 니와는 그가 말한 10층 오른쪽 맨 끝 방에 있다. 슈의 기운이 분수처럼 뿜어져 나오고 있다.

"카제토 온미츠노 카미……."

다이시의 중얼거림은 은신의 슈와 활공의 슈였다.

다이시의 몸이 도화지의 그림이 지우개로 지운 것처럼 사라졌다. 웅알거림에 다이시를 보던 아키라의 눈이 커졌다.

"먼저 가겠소."

차 문이 열리고 허공에서 다이시의 목소리가 들렸다.

다이시는 투명하게 변해 허공을 부유했다.

본래 중첩된 슈는 그에게도 만만치 않은 술법이었지만 상욱으로부터 받은 흑주일람으로 인해 수월해졌다.

짧은 시간이지만 흑주일람을 통해 슈가 근원에 가까워졌고, 그동안 엄두를 내지 못한 천지운행의 이치에 다가갔다.

하지만 그는 상욱을 떠올리고는 마음이 무거워졌다.

20년 동안 기울인 롯코산의 심혈이 상욱의 몇 번 손짓에 날아가 버렸다.

그리고 지금 슈의 근원에 가까워진 배경에는 상욱의 도움이 컸다.

상욱은 그의 선조 아베노 세이메이의 현신 같았다. 깨달음의 길에 길라잡이가 되어 식신에서 정체된 그의 경지를 천장으로 끌어올렸다.

그는 어쩌면 상욱에게서 옴짝달싹 못 하는 새장 속의 새가 될지도 모른다는 예감을 지울 수 없었다.

탁. 탁.

다이시의 발이 오피스텔 옥상에 닿으며 잡념이 깨졌다.

"쿠무간 야샤진체 코오린."

그는 다시 슈를 읊조려 금강야차를 진체강림시켰다.

으드득.

"크흐윽. 젠장, 한 달간은 고생문이 열렸군."

다이시가 중얼거리며 하늘을 봤다.

우르르릉.

별이 빛나던 천공에 먹구름마저 끼더니 천둥과 번개가 떨어져 그중 일부가 다이시에게 스며들었다.

그의 육체가 검게 변하며 지옥의 수문장 금강야차가 내려앉았다.

크아아악.

괴력난신을 부르는 진체강림은 다이시에게 극한의 고통을 선사했다. 더불어 그를 무적으로 만들었다.

쿵. 쿵.

거침없는 그의 걸음에 엄청난 무게가 실렸다.

몇 걸음 걷지 않아 다이시 앞을 옥상 문이 가로막았다.

다이시는 옥상 문을 잡고 흔들었다.

끼이익. 끼익.

통짜 쇠로 된 옥상 문이 흔들려 경첩이 비명을 질렀다.

우드득. 쿵.

두세 차례 더 밀자 옥상 문이 여지없이 뜯겨 나왔다. 그 문을 옥상 바닥에 내동댕이친 그는 아래층으로 내려갔다.

오피스텔 계단을 내려가는 그를 막는 사람은 없었다. 다섯

층을 내려오자 슈의 기운이 펑펑 흘러나왔다.

으지직. 쿵.

10층 맨 끝 방의 방화문이 쓰레기처럼 복도로 나뒹굴었다. 3미터 금강야차로 변한 다이시가 좁은 문을 비집고 들어갔다.

그러자 방 안에서 이시히 니와를 경호하던 켄타가 즉각 반응했다.

"끼오옥."

기합과 함께 켄타의 검이 다이시의 머리로 떨어졌다.

"으아-핫."

다이시가 고함으로 온몸에 힘을 실었다.

금강야차의 강림은 그의 세상을 민감하게 만들었다. 눈앞으로 날카로운 기감이 걸리자 힘을 줘 콘크리트 벽을 뜯어 앞을 막았다.

퍽.

칼이 콘크리트를 때렸고 그 잠깐 사이 다이시는 뒤로 물러났다가 왼 주먹을 앞으로 뻗었다.

켄타는 칼을 미처 회수하지 못했지만 지면 반발로 엄지발가락에서부터 허리까지 순간 회전력과 기의 폭발로 시린젠텐을 만들었다.

뜻밖의 반격에도 금강야차는 우직했다.

오른손에 쥐고 강하게 휘두른 철골조 끝에 뭉친 콘크리트에 스파크가 튀었다.

비록 천계의 하급신이지만 금강야차의 강림은 천장의 슈이다 보니, 동급이 아니면 힘의 균형은 무너트리기 힘들었다.

예견된 결과가 나왔다.

철골조에 달린 콘크리트가 켄타를 휴지만큼이나 초라하게 만들었다. 일본도는 깨지고 뒤로 튕겼다.

양팔은 덜렁거리며 골절이 된 상태였다.

이 여력은 뒤를 받치던 치타로에게까지 미쳤다. 작은 번개와 같은 스파크가 켄타의 몸을 거쳐 치타로에게 전도됐다.

그래도 치타로는 벼락을 방불케 하는 스파크를 왼손에 든 소도小刀에 검막을 둘러 튕기고, 상체를 오른발 무릎과 높낮이를 맞춰 피하며 오른손에 든 일본도를 사선으로 베어 올렸다.

이도류의 정수 공방일체의 디토켄도[均衡]과 스리아케[短切]가 검 끝에서 시린젠텐으로 실렸다.

"크와왕!"

다이시는 뜻밖의 반격에 가슴이 베이는 타격을 받았지만 여전히 거칠게 밀고 나갔다.

이 공격으로 다이시는 피육이 갈라졌지만 점퍼의 지퍼처럼 상처가 봉합되었다. 그 뒤에 따른 충격도 10대 중반 아이가 휘두른 나무에 맞은 정도에 지나지 않았다.

이로 인해 다이시는 자신감이 충만해졌다.

상욱에게 받은 흑주일람은 완성된 책이었다.

여기에 적힌 몇 가지 술법은 아베노 가문의 음양술법으로 슈의 근원이 불가역적이다. 오직 아베노 가문의 안정적인 슈만이 이 음양술법을 펼칠 수 있었다.

이시히 시로는 슈를 비틀어 술법을 펼쳤지만 아베노 가문의 슈에 비할 바가 아니었다.

그 술법의 진수가 다이시의 손에서 재현됐다.

치타로를 향해 휘두르는 오른손 바닥 위로 은빛 광원이 뭉쳐졌다.

쾅. 쾅.

다이시가 이도류의 고수 치타로를 때리려는 주먹에 걸리는 주변이 산산조각 났다.

그리고 은빛 광원과 그 주변으로 튀는 스파트는 치타로의 머리를 짓이겨 갔다.

그때 놀란 음성과 함께 슈가 다이시, 아니 금강야차의 앞을 막았다.

"아베노 다이시? 가제노 미치, 앗슈쿠."

치타로의 머리가 터지기 일보 직전 오피스텔 내실 쪽의 공기 일부가 압축되어 버들잎 형태로 바뀌며 요동쳤다.

슈-욱. 슉.

이 압축된 공기는 바람에 흩날리는 버들잎이 수면을 때리듯 다이시에게 꽂혔다.

핏—.

버들잎이 다이시의 피부를 뚫지는 못했지만 면도칼날에 베인 것처럼 자국을 남기고 튕겼다.

"곤고리키시 노 치카라!"

다이시는 기습에 슈를 폭발해 금강역사의 힘을 배가시켰다. 그러자 그의 얼굴은 골격이 더욱 뒤틀려 흡사 사천왕과 같아졌고 청동빛 피부는 검고 거칠어졌다.

티디디딩.

뒤따르던 버들잎 모양의 바람의 칼이 철판에 부딪친 못처럼 힘을 잃었다.

다이시는 육체에 반발력을 만들어 방어가 끝나자 그를 기습한 자를 봤다.

예상대로 음양술을 펼친 자는 이시히 니와였다.

"이. 시. 히 니와."

거친 목소리가 쇳소리처럼 오피스텔에 울렸다.

"아베노 다이시!"

이시히 니와의 눈이 커졌다.

두 사람은 어릴 적 서너 차례 부딪친 적이 있었다.

비록 강신술로 모습이 달라졌지만 당시 다이시의 얼굴 윤곽이 남아 있고 태생적으로 숙적인 관계로 이시히 니와는 다이시를 잊을 수가 없었다.

"개처럼 꼬리나 흔들며 짖던 놈이 이제는 맞먹는구나."

다이시가 말하며 니와에게 다가갔다.

"소, 소라노 나가사 아케."

니와는 슈를 외워 10층 오피스텔 내부에 준비한 결계를 열었다.

"감히 내 앞에서 잡술을……."

니와 앞으로 공간이 왜곡되어 일그러지자 짜증이 난 다이시가 주먹을 들었다.

찌지직.

투명한 기막이 만들어지며 번개가 튀었다.

우-웅.

쾅.

번개가 불완전한 결계의 정점을 때렸다.

"커흐흑."

니와가 머리를 부여잡고 주저앉았다.

뇌력을 기반으로 한 결계의 슈가 깨지자 전두엽의 뇌간이 흔들렸다.

멀미를 하는 것처럼 하늘이 빙글 돌며 구역질이 나왔다. 그러자 뒤로 물러났던 치타로가 다시 다이시의 앞을 막았다.

한편 닭 쫓던 개처럼 오피스텔의 옥상만 보던 오노하 일도류의 고수 아키라는 제자의 말에 고개를 돌렸다.

"아키라 사범님, 그 음양사가 옥상으로 올라간 것 같습니다."

제자 가토가 말했다.

아키라는 오피스텔 옥상 쪽에서 소란이 일어나자 문도들을 시켜 준비한 커터로 셔터 문의 자물쇠를 따고 올렸다.

차르르륵.

철제문이 말리는 소리가 들리자 그 앞을 네 명의 야쿠자들이 막아섰다.

제압은 눈 깜빡일 사이에 일어났다. 아키라의 제자들의 실력과 야쿠자는 비교할 계제도 아니었다.

아키라는 별다른 제지 없이 10층으로 올라섰다. 상욱이 야쿠자들을 옹골차게 유인해 오피스텔은 주인 없는 빌딩이었다.

그들은 엘리베이터를 타고 10층에서 내려 다이시가 말한 막다른 방으로 향했다. 그러나 발을 떼기 무섭게 그 방에서 폭음이 들리고 빛이 번쩍거렸다.

"다이시 씨가 먼저 들어간 모양입니다."

제자 가토가 아키라를 보며 말했다.

"가자."

아키라는 검을 빼어 들고 뛰었다.

곧장 방 안으로 들어선 그는 입이 떡 벌어졌다. 뒤따른 가토 등도 마찬가지였다.

3미터나 되는 신장神將이 이도류 고수를 향해 주먹으로 내

리치고 있었다. 그 주먹에는 스파크가 튀고 강기를 감쌌다.

"다이시?"

아키라가 의혹에 찬 시선으로 싸움을 바라봤다.

탕. 탕. 탕.

그사이 이도류의 고수는 장도와 소도로 신장을 공격했지만 투명한 막을 두른 주먹에 가로막혔다.

기본적인 신체적 열세를 극복하기에는 능력의 차가 너무 커 보였다.

아키라의 시선이 두 사람의 싸움에서 오피스텔 안으로 향했다.

배가 불룩 나온 이시히 니와로 추정되는 사내는 정신이 혼미한지 구역질을 했고, 이도류의 다른 고수는 양팔이 기이하게 꺾여 축 늘어져 있었다.

싸움을 하던 이도류 사내는 그의 출현에 불안감을 감추지 못했다. 안 그래도 밀리는 싸움이 일방적으로 변했다.

그때 신장의 손이 크게 휘둘리며 번개가 방사됐다.

"하앗!"

이도류의 사내가 소도를 던지고 장도를 양손으로 쥐었다. 방어의 기본인 소도를 포기하며 장도를 크게 내려 베며 오직 공격력을 끌어 올렸다.

다이시는 너 죽고 나 죽자는 식으로 달려드는 적의 칼을 보며 주먹의 방향을 바꾸었다.

네가 살을 주고 뼈를 깎으려면 나는 힘으로 깨 주겠다는 심보였다.

쾅-.

검기와 투명한 막에 싸여 스파크가 튀는 주먹이 부딪쳤다.

"커어헉!"

이도류의 사내는 피를 토하며 주르르 벽까지 밀려났다. 순식간에 상황이 정리됐다.

아키라는 신장인 금강야차가 돌아보자 머쓱해졌다.

분명 다이시가 틀림없지만 상황 판단이 늦어 그가 해결해야 할 일을 다이시가 끝내 버렸다.

스르륵.

아키라는 다시 이변을 보았다.

3미터 거인이 바람 빠진 풍선처럼 원형을 유지하며 원래의 인간 형태로 돌아왔다.

"다이시 씨, 괜찮습니까?"

아키라는 비틀거리는 다이시의 팔을 잡았다.

"일시적 현상일 뿐이오. 저들을 챙기시오."

다이시가 아키라의 팔을 피하며 답했다.

그는 넝마로 변해 버린 옷을 살피고는 방으로 들어갔다.

붙박이장을 열어 몸에 맞는 옷을 입고 다이시가 나오자 아키라와 제자들은 이시히 니와와 그의 경호원들을 데리고 나갈 준비를 마치고 기다리고 있었다.

아키라와 그의 제자들은 불과 10분 전과 달리 경외하는 눈빛으로 다이시를 봤다.

"진짜배기를 못 봤군."

다이시가 뜻 모를 말을 중얼거렸다.

"네?"

가토가 궁금증을 드러냈지만 다이시는 입을 다물었다. 음양사의 최고 경지인 천장을 보여 준 상욱에 대해서 말해도 믿지 못할 테니까.

그러자 아키라가 앞으로 나섰다.

"앞을 막을 야쿠자는 없겠지만 지금부터 오노하 일도류가 앞장을 서겠소."

아키라는 무척이나 힘겨워하는 다이시를 대열 중간에 놓고 이시히 니와 등을 납치해 유유히 극도오피스텔을 빠져나왔다.

같은 시간. 일도류의 아키라 외에도 바쁜 사람이 있었다.

일도류의 총관장 이치루는 오늘 하루 일이 신기하기만 했다. 한국에서 온 쟁천의 어암서원 사람이자 성상홍일로 추정되는 상욱의 뒤를 쫓았다.

그런데 그는 지금 오늘 상황 자체가 이해가 안 됐다.

"박상욱……."

그가 뇌까린 이름, 박상욱을 쫓아 하루를 보냈다.

제자 아키라를 통해 시린젠텐을 애들 장난처럼 쓴다는 말에 상욱에 대한 궁금증이 크게 일어났다.

그는 여러 경로를 통해 상욱에 대한 조사를 마친 상태였다.

일본 신풍에서 최고의 문파인 신도류에 비견될 어암서원과 총지종에 뿌리를 둔 사내.

군부 충정회와도 인연이 남달랐고, 불과 며칠 전에는 청와대 민정수석실 소속에서 쟁천을 관리했다.

또한 공공연한 비밀스러운 소문에 의하면 성상홍일이라는 조선 최고의 강자였다.

"이런 자가 일본 음양사의 술법인 슈를……."

그것도 최소 진마의 경지라니, 불가사의한 존재였다.

물론 그는 먼 거리에서 박상욱이 술법을 펼치는 것을 아키하바라에서 딱 한 번 봤다. 처음에는 긴가민가했지만 더듬어 살피니 틀림없는 음양사 슈였다.

여기에 기氣를 내비치지도 않고 체술만으로 야쿠자들을 일수에 넘기는 기술은 그가 검을 들지 않을 때는 불가능한 일이었다.

더 놀라운 점은 동행으로 나선 여자였다. 외국 여인의 움직임은 눈으로 좇기 힘들었다.

폭주족들이 보기에는 그냥 딱밤이었지만, 순간 가속에 의한 한 수는 어떤 방향의 적의 공격에서도 반격하는 쿠미다치와, 깊고 복잡한 전방 기동으로 강한 타격을 하는 키리오토

시로, 일도류가 추구하는 시린젠텐과 그 맥이 같았다.

순간 박상욱보다 외국 여인에게 관심이 갔다.

서양 엘리시온의 어떤 단체에 소속된 여자란 말을 제자 아키라에게 들었다.

하지만 곧 마음이 바뀌었다. 골목의 앞과 뒤로 곤고구미 야쿠자들이 길을 막아섰다. 그 숫자를 헤아리기 힘들 정도였다.

과연 저들이 박상욱을 어떻게 할 것인지 사뭇 궁금해지는 이치루였다.

다음 권으로 이어집니다

제 글을 읽는 모든 분들에게 행운과 행복이 깃들길……

전북 전주에서 德珉 올림